Retour de flamme

LEGACY 1

REBECCA YARROS

Retour de flamme

LEGACY 1

Traduit de l'anglais (États-Unis) par Judith Strauser

Michel LAFON

Titre original : *Point of Origins*

14, Boulevard de la Madeleine
75008 Paris

www.michel-lafon.fr

À mes flygirls.
Parce que vous avez demandé des pompiers,
et Legacy est née !
Je vous adore toutes, jusqu'à la dernière.

1

Emerson

– Plus qu'un mois ? m'a demandé Agnès en me passant les cafés à emporter par-dessus le comptoir.

Son vernis à ongles était rose vif, comme la mèche rebelle qu'elle avait teinte parmi ses cheveux argentés.

– Oui, encore un, j'ai répondu, et elle a soupiré.

– Tu es sûre qu'il faut que tu ailles jusqu'à Londres ? Tu vas nous manquer, ici.

J'ai glissé ma carte bancaire dans mon portefeuille que j'ai ensuite remis dans mon sac.

– Je serai rentrée avant même que tu te rendes compte de mon absence, j'ai promis en prenant les deux cafés.

Avec un peu de chance, je serais revenue avant de me rendre compte de ma propre absence.

Bien sûr, j'étais reconnaissante d'avoir cette opportunité, mais l'objectif de ce stage était entièrement politique, et je n'avais jamais vraiment eu d'affinité avec la politique.

– Emerson Renée Kendrick, je te connaissais déjà quand tu n'étais qu'un scintillement dans la prunelle de ton père. Ça fait presque aussi longtemps que tu viens dans mon restaurant, et tu prends ton café ici tous les matins depuis tes dix-huit ans. Alors, laisse-moi te dire que ton absence, je la sentirai dès que tu passeras cette porte.

J'ai secoué la tête, incapable de cacher mon sourire. Elle avait raison, évidemment. J'avais pratiquement grandi dans ce restaurant, y faisant mes devoirs en attendant que maman ait fini sa journée et fermé la boutique de fleurs qu'elle tenait en face.

– Oui, Madame. Allez, je ferais mieux d'apporter ces cafés au maire Davis.

Elle s'est penchée par-dessus le comptoir.

– Ooh, c'est ce matin, la réunion ? Tout le monde meurt d'impatience de savoir qui est responsable du chantier de construction sur l'ancien terrain des Parson.

J'ai haussé un sourcil.

– Est-ce que tu insinues que tu n'es pas déjà allée là-haut au moins douze fois pour y jeter un œil ?

Bien sûr qu'elle y était allée, tout le monde l'avait fait. Sauf moi. Ce n'était pas tant la construction qui me dérangeait que ce qui s'étalait le long de la ligne de crête, à côté.

Elle a joué l'innocente tout en astiquant son comptoir déjà impeccable à grands coups de torchon.

– Oui, évidemment… tout le monde a vu les panneaux. « Legacy, LLC. » C'est bizarre, non ?

– Aussi bizarre que n'importe qui donnant le nom de la ville à sa société, j'imagine, j'ai répondu en m'éloignant lentement du comptoir.

Agnès ne s'arrêterait jamais de parler si je ne sortais pas vite fait de là.

– Avec tout l'argent investi dans cette reconstruction, ça doit bien être quelqu'un du coin. Presque toutes les entreprises de la ville ont été embauchées, j'ai ajouté malgré tout.

L'argent avait commencé à couler à flots quand la reconstruction de la ville battait encore son plein quelques années plus tôt, des milliers de dollars par-ci, des dizaines de milliers par-là.

– Oui, hein ? Et c'est un complexe vraiment grand, tu ne trouves pas ? Est-ce qu'ils avaient même un permis ?

– C'est pile à la frontière de la commune de Legacy, Agnès, donc ça dépend du comté.

Encore quelques pas, et je serais libre.

– Eh ben, tu pourrais poser la question à ce garçon que tu fréquentes là-bas, au conseil de l'urbanisme du comté. Comment s'appelle-t-il déjà ?

Elle a posé son regard sur moi, ses yeux bleus traquant mes yeux noisette aussi précisément qu'un missile guidé suit sa cible.

– Tu sais très bien que c'est Greg Roberts. Tu lui sers du café depuis aussi longtemps qu'à moi et nous ne sortons pas ensemble, Agnès. Ce n'est qu'un ami, tu peux arrêter tes sous-entendus.

Mes fesses avaient buté contre la porte en verre, et la clochette a tinté quand j'ai donné une poussée du bassin pour l'ouvrir.

Elle a secoué son torchon dans ma direction.

– Vingt-quatre ans, et tu n'as toujours pas d'homme ! Tu ne veux donc pas que ton nom rejoigne mon mur ?

Elle a indiqué d'un signe du bras le mur du fond en lambris de pin, gravé des noms des couples de la ville.

– Je te jure, si seulement j'avais tes formes ou cette chevelure ! Moi, je…

– Moi aussi, je t'aime, Agnès !

Je me suis glissée hors du restaurant Pipelette pour retrouver l'air frais du mois d'août. L'été battait toujours son plein dans les montagnes du Colorado, mais les matins apportaient déjà cette morsure fraîche qui annonce l'automne. La porte s'est refermée sans bruit derrière moi et j'ai grimacé… Le grincement de la charnière qui avait bercé mon enfance me manquait, même si je me reprenais déjà mentalement : évidemment que la porte ne faisait pas de bruit, elle était neuve.

Tout était neuf.

Plus ou moins.

C'est ce qui passe quand une ville entière brûle. On remplace tout. J'ai jeté un coup d'œil à la station de pompiers, avec ses portes rouge vif. *On remplace même les gens, putain.*

J'ai parcouru les deux pâtés de maisons qui formaient le cœur de notre petite ville, mes talons martelant le béton, et salué par leurs noms tous ceux qui me croisaient. La voiture de Greg était garée soigneusement devant la mairie, prouvant une fois de plus qu'on pouvait compter sur sa ponctualité… Qu'on pouvait compter sur lui.

Ce serait si facile d'entamer une relation avec lui, de lui accorder enfin ce *date* qu'il me réclamait sans cesse. Mais à quoi ça servirait ? C'était un type séduisant, d'accord, à peine plus âgé que moi, et il embrassait sans doute très bien. Mais il n'y avait aucune alchimie entre nous, pas d'étincelle quand il me touchait la main, aucun frisson en moi. À son côté, je me sentais aussi frigide qu'avec n'importe quel inconnu, ce qui, franchement, me contrariait au plus haut point. Ce serait confortable, sans danger, comme toutes les relations que j'avais eues à la fac… Mais j'avais arrêté de chercher quelqu'un depuis plus d'un an, et j'avais une raison.

Personne n'était… *lui.*

Mes yeux se sont fermés et mes mains se sont crispées autour des gobelets de café. *N'y pense pas.* Je me suis rattrapée juste à temps pour empêcher l'avalanche de souvenirs et j'ai inspiré fort, mentalement passé en revue mon agenda et rouvert les yeux. *Concentre-toi sur le présent.*

La porte de l'hôtel de ville s'est ouverte et Greg est sorti. Ses cheveux blonds brillaient sous le soleil. Son costume était aussi impeccable que son timing.

– Bonjour, miss Kendrick, a-t-il dit avec un sourire adorable, me tenant la porte.

– Monsieur Roberts, j'ai hoché la tête et souri à mon tour en entrant dans le bâtiment. Contente de te voir, j'ai ajouté en m'élançant dans l'escalier qui menait à l'étage, au bureau du maire.

Il était en train de mater mes fesses, j'en étais sûre.

– Greg ?

Il a levé les yeux vers mon visage en rougissant.

– Désolé.

– Au moins, maintenant, je sais que cette jupe me va bien, j'ai dit en riant.

– Très bien, a-t-il avoué en me dépassant pour m'ouvrir la deuxième porte, celle du bureau du maire. Est-ce que tu sais qui c'est, le gérant de l'entreprise Legacy ?

J'ai fait non de la tête.

– Je pensais que toi, tu le savais, puisque tu es au conseil de l'urbanisme.

– Non, je n'ai parlé qu'à leur avocat, a-t-il répondu alors qu'on entrait enfin dans le bureau.

– Bonjour, Emerson, a dit le maire en me soulageant d'un des cafés que j'apportais. Et merci beaucoup. J'apprécie que tu me rendes ce petit service.

J'aurais pu mimer ses paroles en même temps que lui, car je connaissais son petit speech matinal par cœur. Il était tellement prévisible… et il aurait voulu que le monde entier le soit aussi.

– Je m'assurerai que Jenn connaisse vos préférences.

Il allait saisir les dossiers sur son bureau, mais s'est interrompu dans son geste.

– Ah, c'est vrai. J'oublie tout le temps que tu nous quittes bientôt.

– Pour six mois seulement, je lui ai rappelé.

– Mais ce voyage est un avantage pour Legacy, a répondu Greg. Un stage avec le maire de Londres, c'est énorme !

– Et je n'aurais jamais pu l'obtenir sans vos encouragements ni votre recommandation.

Le maire a secoué la tête, voulant minimiser son implication.

– Tout le mérite te revient, Emerson. Tu as joué un rôle crucial dans la reconstruction de Legacy. Tu feras un très bon maire, un jour.

Non, ne parlons pas de ça.

– Notre rendez-vous de neuf heures devrait être arrivé, j'ai dit pour changer de sujet.

N'importe qui dans ma position aurait décroché ce stage. On était la ville miracle – le phénix rené de ses cendres.

– Pourquoi tu fais ça ? m'a murmuré Greg pendant qu'on suivait le maire dans l'escalier.

– Je fais quoi ? j'ai demandé, jetant un œil aux dossiers nécessaires au sujet de cette matinée.

– Comme si tu ne méritais pas ce stage ?

– Je n'aime pas l'idée de profiter de l'histoire de notre ville.

De sa mort. De toutes ces morts.

Il m'a bloqué l'entrée de la salle de réunion.

– Tu le mérites. Tu es restée, alors que beaucoup sont partis. Tu étais en première ligne, encore ado, à demander qu'on reconstruise notre lycée. Même quand tu étais à la fac, tu n'as jamais pris tes distances comme tant d'autres, tu as fait don de ton temps, bossé pour que Legacy redevienne stable financièrement. Et comment tu prévois d'utiliser tout ce que tu auras appris là-bas ?

– Je reviendrai, évidemment. Je m'en servirai ici.

Je ne voulais vivre nulle part ailleurs. Legacy, même avec son passé tragique, c'était chez moi et ce serait toujours chez moi. J'ai soufflé pour repousser la frange trop longue qui me tombait devant les yeux (je regrettais d'avoir bâclé mon chignon banane) et j'ai essayé de ne pas réagir quand Greg a coincé la mèche derrière mon oreille.

Pourquoi je ne pouvais pas le désirer, lui ?

Il m'a fait un petit sourire triste et a abaissé sa main lentement, comme si j'avais pensé à voix haute.

– Ben justement ! a-t-il renchéri. Tu vois, c'est bien un investissement que Legacy fait en toi.

Après un moment gênant, j'ai fini par lui sourire d'un air tendu et je me suis faufilée dans la salle. Le maire a tiré une chaise pour moi et j'ai pris place, posant mes dossiers devant moi tandis qu'il s'asseyait à côté. Les autres membres du conseil sont entrés et ont rejoint leurs places en murmurant entre eux, émettant plusieurs hypothèses sur le sujet de la réunion.

Heureusement que ces procédures se déroulaient à huis clos, sinon la moitié de notre ville de trois mille habitants aurait été présente pour découvrir enfin qui se cachait derrière l'entreprise Legacy, LLC.

Les premiers points à l'ordre du jour sont passés sans souci. J'ai pris note de parler à Mme Greevy de son désaccord quant à la proposition d'un nouveau panneau stop au croisement de Plum Street et Aspen Ave. La prochaine réunion se déroulerait encore mieux si elle se calmait un peu. J'ai jeté un œil à l'horloge. Plus que cinq minutes.

J'ai entouré le nom de Legacy, LLC sur mon agenda comme si j'étais à nouveau au lycée à gribouiller sur mes notes. Et puis mon coude a glissé sur la surface du bureau et j'ai envoyé mon dossier par terre. Tous les papiers se sont éparpillés.

– Merde, j'ai grommelé tout bas, malgré le regard désapprobateur de Mme Anderson assise à côté de moi.

Je me suis mise à quatre pattes par terre pour tout ramasser, regrettant de porter ma jupe droite. J'ai entendu la porte s'ouvrir puis se refermer. Notre rendez-vous de dix heures trente était là. Dieu merci, un panneau de bois devant le bureau nous dissimulait, moi et mes fesses probablement trop visibles sous cette jupe serrée.

– Mais non, c'est toi, Legacy, LLC ? s'est exclamé Greg.

– Je suis l'un des actionnaires, a répondu une voix grave. Comment vas-tu, Greg ?

Je me suis figée, un long frisson parcourant ma colonne vertébrale, puis tous mes membres jusqu'au bout de mes doigts. *C'est pas vrai, putain. C'est pas possible.* Mais j'aurais reconnu cette voix entre mille. C'était le son des rires de mon enfance, des blagues sur mes vêtements quand mon corps avait changé, les supplications murmurées, implorantes, de ne pas m'approcher trop près, lorsqu'il avait compris pourquoi je portais des jupes plus courtes et des décolletés plus profonds. C'était le timbre calme et rassurant, la promesse murmurée que tout irait bien le jour où nos pères étaient morts. C'était le silence qui avait suivi. Toujours ce maudit silence.

– Et nous sommes ravis de te revoir, a dit le maire. Ça fait combien de temps, déjà ?

Je ne sais pas comment, mais j'ai réussi à me forcer à bouger. Mes gestes étaient maladroits ; je me suis agrippée au bureau pour me relever avec précaution, soulagée que mes fesses trouvent ma chaise à roulettes sans retomber par terre. J'ai posé mon dossier, et enfin laissé mon regard se poser sur lui : costume noir sur mesure, chemise blanche sous une veste qui épousait des épaules incroyablement larges, cravate bleu pâle contrastant avec la peau hâlée de son cou. Quand je suis arrivée à son visage, l'air s'est immobilisé dans mes poumons ; le temps s'est arrêté.

Nos regards se sont croisés, la surprise se reflétant probablement dans nos yeux, une seconde seulement avant qu'il ne masque soigneusement son expression. Cool. Détaché. Parfaitement sous contrôle.

J'étais bien loin de me contrôler, moi : j'examinais sans retenue celui qui se tenait devant moi. Il n'était pas mignon, ni même beau, comme il l'avait été quand on était enfin sortis ensemble. Non, il était magnifique maintenant, les traits fins et définis de son visage cent pour cent ceux d'un homme, et non du garçon que j'avais aimé. Dieu, que je l'avais aimé !

Et il m'avait brisé le cœur, l'avait fracassé en petits morceaux si nombreux que, six ans plus tard, j'en retrouvais encore un peu partout.

Ce cœur rapiécé battait dans ma poitrine, lourd et léger à la fois, comme s'il reconnaissait dans le même instant l'ivresse des sommets qu'on avait connus et la douleur de notre chute. Il était là. Après tout ce temps, il se tenait à trois mètres de moi… si proche et pourtant si lointain. Ma frange m'est tombée devant les yeux et j'ai soufflé pour la déplacer ; je ne voulais pas manquer une seule seconde de cette occasion de le voir. De respirer le même air que lui.

– Emmy, m'a-t-il saluée calmement, et un sourire discret a effleuré ses lèvres bien dessinées.

Comment étaient-elles aujourd'hui ? Endurcies, comme tout le reste chez lui ?

– Bash, j'ai répondu, réussissant à peine à prononcer son nom.

Et tant pis pour toutes ces années où je m'étais appliquée à ne jamais dire – ni même penser – ce nom.

– Ça fait combien de temps, Sebastian ? a redemandé le maire, après quelques raclements de gorge gênés des autres membres du conseil.

– Six ans, j'ai répondu à sa place, ma voix se brisant presque.

Six ans sans répondre à un seul de mes appels, e-mails, textos, six ans sans explication. J'ai souhaité que ma colère m'envahisse, qu'elle prenne le dessus sur le choc, et sur la chaleur subite que mon corps ressentait en sa présence – comme s'il avait appuyé sur un bouton. *Il t'a quittée. Il t'a pris ta virginité le soir de la remise de diplôme et il est parti avant que tu ne te réveilles.*

– Six ans, il a confirmé, ses yeux bleu-vert toujours rivés aux miens.

Ils paraissaient presque gris vus d'ici, la couleur qu'ils prenaient lorsqu'il se sentait tiraillé, contrarié.

Mon ventre s'est tendu quand j'ai repensé à la dernière fois que je les avais vus flamboyer d'un vert intense : ses mains sur mon corps, sa bouche contre ma peau.

Oh ! putain. J'avais besoin d'air. J'avais besoin d'espace.

J'avais besoin qu'on me rende ces six années.

– Et qu'est-ce qu'on peut faire pour vous ? a demandé Greg, sa voix aussi tendue que l'air entre Bash et moi.

Bash a détourné le regard, et j'ai enfin pu respirer. Mme Anderson m'a passé une bouteille d'eau encore neuve, bien consciente de l'historique entre nous. Merde, tout le monde dans la salle connaissait notre histoire. *Les petites villes ont des mémoires d'éléphant.* Malgré mes mains tremblantes, j'ai réussi à ouvrir la bouteille et bu deux longues gorgées.

– J'aimerais que le terrain que je possède, ainsi que mon bâtiment, soient incorporés à la municipalité de Legacy.

Son bâtiment.

Legacy, LLC, c'est lui.

J'ai forcé mon cerveau embrumé à se réveiller et mes yeux à regarder ailleurs, mais ils étaient irrémédiablement attirés par sa mâchoire volontaire, ses cheveux noirs rebelles qui partaient dans tous les sens, le contour de sa bouche, la force émanant de sa posture. Au lycée, il était déjà puissant, à la fac, intimidant, et maintenant… il était tout simplement imposant.

– M. Vargas, êtes-vous préparé aux conséquences qui en découleront en matière d'imposition, et aux exigences du plan d'occupation des sols ? a demandé le maire Davis.

– Je suis prêt. Le bâtiment possède la protection anti-feu la plus stricte et a été construit dans le respect des critères de Legacy.

Il se tenait très droit, bras le long du corps, et le seul signe trahissant sa nervosité (à part la couleur de ses yeux) était le petit frottement mécanique de son pouce.

Je détestais remarquer tout ça. Je détestais qu'il m'ait quittée. Je détestais être toujours incapable, six ans plus tard, d'empêcher mon cœur de demander, d'implorer une explication.

Les relations à distance, ça ne marche jamais, il m'avait dit avant qu'on sorte ensemble. *Je suis à la fac et tu es en terminale, Emmy.*

On peut y arriver. On a toujours été l'exception aux « jamais », toi et moi.

Mais ça n'avait pas marché.

– Ces terres sont à la frontière de la ville, c'est un fait, et historiquement, nous avons toujours accepté ce type de requête.

Sa voix était confiante, assurée, grave.

Le maire a hoché la tête.

– C'est vrai. Je ne m'oppose pas à la procédure. Quelqu'un objecte ?

Son regard a balayé les membres du conseil assis en demi-cercle, et tous ont acquiescé de la tête.

Bash a continué de fixer le maire Davis du regard pendant le vote, sans jamais se tourner vers moi. J'aurais aimé pouvoir en dire autant, mais je n'avais pas la force de détourner les yeux. *Parce que tu es une imbécile.*

Le conseil a voté à l'unanimité « oui », et la motion est passée. J'ai griffonné quelques notes sur ma *to-do list*, soulagée de ne plus être responsable des minutes, mais simplement assistante du maire.

– Je suis content que tu sois de retour, Sebastian. Tu nous as manqué. C'est pile le bon moment, avec l'anniversaire dans quelques semaines, a dit le maire.

L'expression de Bash s'est durcie et il a dégluti. Puis il a affiché un sourire qui avait l'air tellement vrai que j'ai été probablement la seule à ne pas y croire.

– Je ne suis pas revenu pour de bon, mais seulement pour mettre les choses en route. Si nous avons terminé… ?

Il n'allait pas rester. Je ne savais pas si je devais être soulagée ou dévastée. Les deux émotions me déchiraient avec la même intensité.

– Nous allons commencer la paperasse. Nous t'appellerons si besoin.

– Merci.

J'ai presque senti ses muscles se détendre, mais j'ai serré les poings, tellement j'avais envie de le toucher pour vérifier qu'il était bien réel.

– Juste une chose, a dit Mme Anderson alors que Bash s'apprêtait à partir.

Il s'est tendu, mais s'est retourné.

– Oui ?

– Ce bâtiment, il est fait pour quoi ? Je suis curieuse.

Il l'a regardée droit dans les yeux.

– Il est pour l'équipe de Têtes brûlées. Je prévois de la reformer.

Ma respiration s'est bloquée, mon estomac tombant direct au plancher tandis que la pièce explosait en une cacophonie de protestations. Jamais le conseil n'allait approuver ça. Jamais ils ne rouvriraient la blessure qui avait quasiment vidé nos cœurs de tout leur sang dix ans plus tôt.

La troisième aiguille de l'horloge au mur derrière Bash a tiqué dix-huit fois avant que je puisse enfin reprendre ma respiration.

Dix-huit secondes. Dix-huit pompiers d'élite. Dix-huit morts.

Douze veuves. Seize enfants orphelins de père. Dont moi… et Bash.

Il n'a pas répondu aux exclamations outragées, ne s'est pas défendu. Il a simplement dit : « Merci de m'avoir reçu », a fait volte-face et a quitté la pièce sans un regard en arrière. Pas même pour moi.

Au moins, cette fois, j'avais assisté à son départ.

Et à la différence de six ans plus tôt, cette fois-ci, je savais exactement où le retrouver.

Bordel de merde.

2

Sebastian

J'ai claqué la porte de ma Range Rover beaucoup trop fort et arraché ma cravate en entrant dans mon bâtiment. Il ne ressemblait en rien à l'original, celui de l'équipe de mon père. Le bâtiment d'origine était plus petit, un peu plus crade, sous-équipé, et trois fois mieux – pas à cause de ces différences matérielles, mais grâce à ceux qui s'en occupaient à l'époque.

J'ai longé le grand salon, la salle de gym avec ses murs vitrés, et enfin atteint mon bureau, où mon meilleur ami, cet emmerdeur, se la coulait douce.

– Ta matinée de travail s'est mal passée, mon chéri ? a demandé Ryker en haussant un sourcil, assis à ma place.

– Ôte tes sales panards de mon bureau.

J'ai jeté ma cravate pile à l'endroit qu'il venait de libérer.

– Qui c'est qui t'a énervé comme ça ?

– Personne ! j'ai rugi. T'as réussi à contacter Knox ?

Je me suis dirigé vers la cuisine dernier cri que j'avais payée bien trop cher.

Elle pouvait accommoder les besoins de plus de vingt personnes sans problème, tout comme le reste de ce bâtiment, que j'avais passé un an à concevoir avec des architectes et un an de plus à faire construire. J'ai pris une bouteille d'eau dans l'un des frigos, ouvert le bouchon et descendu le tout, regrettant que ce ne soit pas une boisson plus forte. De la tequila. Ou un tranquillisant – une dose de cheval. Oh, qu'est-ce que je m'imaginais ? Rien n'était assez costaud pour oublier ce qui venait de se passer.

Putain, cette expression sur son visage… Ses grands yeux marron s'étaient écarquillés, ses lèvres s'étaient entrouvertes, et il m'avait fallu rassembler tout mon self-control pour la quitter des yeux.

– Ouais, il finit une mission en Californie et il prend l'avion après, m'a répondu Ryker.

– C'est bien. On a besoin de lui. Qui vient avec lui ?

Il allait falloir largement plus que Ryker et moi pour convaincre le conseil municipal que le temps était venu de constituer une nouvelle équipe.

– Les frères Maldonado.

– Sérieux ?

C'était presque une assez bonne raison pour faire la fête. Presque.

– Sérieux. Ils ont dit quoi, le conseil ?

– On va devoir se battre, je ne sais pas comment on va pouvoir les convaincre là-dessus. Mais ils ont approuvé l'annexion, j'ai dit en lançant la bouteille dans la poubelle avec un *clonk* satisfaisant.

– Eh ben, tu devrais être content, non ?

– Elle était là.

Il a plissé son front.

– Qui ça ? Mme Anderson ? Elle siège au conseil depuis des années. Je crois qu'il faudrait un décret du Congrès pour la déloger. Ou qu'elle meure.

– Mais non, imbécile. J'en ai rien à foutre de Mme Anderson.

J'ai quitté la cuisine en me passant la main dans les cheveux, irrité, et je me suis dirigé vers la zone d'entraînement, vitrée du sol au plafond. Legacy s'étalait en bas dans la vallée et, à part les cicatrices clairement visibles sur le flanc des montagnes, rien n'évoquait la tragédie qui avait dévasté la ville dix ans plus tôt.

– Okay, a dit Ryker sur un ton qui sous-entendait très bien « j'en ai marre de tes conneries ». Je pourrais énumérer toutes les femmes de la ville l'une après l'autre – Dieu sait qu'on a couché avec la majorité d'entre elles, toi et moi – ou tu peux simplement me dire de qui tu parles ?

– Emerson.

Le simple fait de prononcer son nom a arraché en moi la croûte d'une blessure qui ne demandait qu'à saigner.

Ryker a sifflé.

– Ah merde. Écoute, Harper m'avait dit qu'elle partait le premier du mois.

– Ouais, ben ta sœur avait tort.

J'aurais dû vérifier moi-même, mais si j'avais posé des questions sur Emmy, Harper le lui aurait immédiatement répété.

– Non, elle n'avait pas tort.

Cette voix féminine et sensuelle a fait se dresser les petits cheveux sur ma nuque. J'ai mobilisé toutes mes défenses possibles avant de me retourner pour voir Emmy, debout devant le billard, bras croisés sous sa poitrine incroyable, la soulevant sans le vouloir jusqu'au décolleté de son chemisier. Avec sa jupe droite et ce chemisier, elle avait l'air d'une institutrice. Enfin, le genre qui fait fantasmer les garçons pendant les cours d'éducation sexuelle. La manière dont ses seins voluptueux s'arrondissaient près du bouton du haut…

Ne regarde pas. Ne. Regarde. Pas.

Raté.

Elle a levé un sourcil dans ma direction. *Pris en flag.*

– Je pars le premier du mois de septembre, pas d'août, et oui, Harper m'a bien dit que tu voulais le savoir, a-t-elle dit à Ryker, qui s'est frotté la nuque d'un air gêné.

– Je crois que je vais vous, euh… Je vais vous laisser.

Ryker ne m'a pas souhaité bonne chance, ni exprimé ses condoléances – franchement, je ne l'ai même pas regardé – il a juste posé une casquette de baseball sur sa tête blonde avant de déguerpir.

Me laissant seul avec Emmy.

Emerson, je me suis rappelé mentalement. Emmy, c'était la fille avec qui j'avais grandi, celle qui accompagnait toujours son père aux barbecues de l'équipe, qui me suppliait de l'emmener en randonnée. Ça, ce n'était pas elle. Elle n'était même pas l'adolescente qui m'avait rendu fou, celle à qui j'avais pensé en me masturbant pendant des années après l'apparition de ses courbes, celle que je n'avais pas réussi à oublier une fois à la fac et dont j'étais tombé amoureux.

Celle que j'avais détruite.

Aujourd'hui, c'était une femme, et à en juger par la colère dans ses profonds yeux marron, une femme très énervée.

– Tu vas rester muet ? a-t-elle demandé.

– C'est toi qui es venue.

Un soupir sarcastique.

– Et c'est toi qui as construit une gigantesque… (elle a indiqué d'un geste l'immense pièce, ses yeux montant jusqu'à la mezzanine du deuxième étage et aux poutres visibles)… cabane pour mecs, elle a fini par dire.

– Cabane ? Un sourire m'est venu. On a quel âge, dix ans ?

– Oh ! non, non, ne me fais pas ton numéro de charme, Bash. Pas à moi. Plus jamais.

L'espace qui nous séparait était chargé d'une électricité folle qui aurait pu soit alimenter tout le bâtiment, soit nous consumer entièrement. Des années entières s'étaient écoulées, mais rien n'avait changé. Que je le veuille ou non.

– Tu voudrais que je sois comment ?

– Comme rien du tout. Comme tu as été pendant six ans.

– Aïe. Tu sors les griffes un peu tôt dans l'engueulade, tu ne trouves pas ?

J'ai mis mes pouces dans mes poches pour m'occuper les mains, pour me retenir de les tendre vers elle. Mon désir pour elle n'avait pas changé non plus. Merde.

– On ne s'engueule pas.

J'ai fait un pas vers elle.

– Ah, on ne s'engueule pas ? On fait quoi, alors ?

Elle a reculé, maintenant la même distance entre nous.

– On ne fait rien. On n'est rien. Tu l'as exprimé très clairement.

– Emerson. Ce qui s'est passé entre nous…

– Non.

Elle a tendu les mains devant elle, sur la défensive, secouant la tête.

– On ne parle pas de ça. Jamais. Il ne s'est rien passé. Rien de rien. Je ne suis pas là pour ça.

Rien passé ? Ben, merde alors. J'aurais pu en reproduire la moindre seconde, si besoin, pour raviver sa mémoire. Chaque fois que j'avais embrassé sa bouche, depuis ses seize ans, trop possessif pour laisser un autre mec être son premier baiser, jusqu'à la nuit que j'avais passée dans ses bras, à l'adorer jusqu'au lever du soleil, lorsque j'avais dû partir. Chaque instant était inscrit en moi comme un tatouage, et elle voulait faire comme s'il ne s'était rien passé ?

Non, putain.

J'ai avancé, et elle a reculé précipitamment sur ses talons jusqu'à ce que ses fesses cognent la table de billard. Posant mes mains sur la surface en bois, de part et d'autre de son corps si délectable, je me suis penché sur elle, et j'ai senti son parfum alors qu'elle fermait les yeux. Bergamote, citron, vanille… Emerson.

– Ça s'est passé, j'ai dit.

Ses yeux se sont ouverts difficilement et fixaient mes boutons de chemise.

– Emerson.

Lentement, elle a remonté son regard jusqu'au mien, et plouf, j'ai basculé dedans. Ces profondeurs d'un brun intense m'avaient toujours semblé sans fond, capables de me priver de toute pensée. Mon sang s'est mis à bouillir, déferlant dans mes veines, il a pulsé au rythme de mon cœur battant et s'est réfugié dans ma queue. Évidemment que je bandais comme un fou, puisque j'étais tout près d'Emerson Kendrick.

Il y a des choses qui ne changent jamais.

– Ne fais pas ça, a-t-elle murmuré, et la douceur de son haleine teintée de menthe a fait remonter des douzaines de souvenirs liés à son addiction aux Tic Tac.

– Dis-le, j'ai commandé, parce que j'avais besoin de l'entendre le dire plus que tout. Plus que de reformer l'équipe, plus que de donner du sens à la mémoire de nos pères.

– Ne fais pas ça, a-t-elle supplié, sa voix se brisant.

– Ne fais pas quoi ?

Je me suis tellement penché qu'elle s'est cambrée légèrement en arrière au-dessus du billard. Encore quelques centimètres et elle serait tout contre moi.

À la place qui lui revient, clamait une part négligée de mon être.

– Ne reviens pas ici pour rouvrir les vieilles blessures.

Elle a secoué la tête et sa frange lui est tombée devant les yeux.

Avant de pouvoir me retenir j'avais ma main dans ses cheveux, une cascade brune parcourue de mèches rousses et automnales. J'ai coincé sa frange derrière son oreille avant de pouvoir faire quelque chose d'encore plus stupide.

Elle a saisi l'occasion et s'est glissée sous mon bras, puis a presque couru pour se positionner de l'autre côté du billard.

– Je suis sérieuse. La ville a eu du mal à se remettre de ses blessures, et…

– La ville ?

La mâchoire m'en est tombée.

– Mais de quoi tu parles, Emmy ?

Elle a froncé les sourcils.

– De toi et de l'équipe de Têtes brûlées, imbécile.

– On parlait de nous, je lui ai rappelé.

– Non, pas du tout. Il n'y a pas de « nous », donc on ne peut pas en parler. On ne parlera jamais de ce qui *a été* « nous », et si tu veux avoir ne serait-ce qu'une chance de réaliser ton plan complètement fou, je te conseille de ne plus jamais évoquer le sujet.

– On ne peut pas ignorer le fait que je te connais sans doute mieux que n'importe qui d'autre, Emerson. Que je sais exactement ce que ça fait de t'avoir en dessous de mon corps, d'être en toi si profondément que je suis quasiment certain d'y avoir laissé un morceau de moi. On ne peut pas ignorer ce qu'on a partagé, ni à quel point j'ai tout foutu en l'air.

Elle a dégluti et ravalé les larmes qui faisaient briller ses yeux, puis elle s'est détournée et dirigée vers la sortie. *Merde*. C'était pour ça que j'avais tout fait pour arriver après son départ. Je n'avais jamais désiré cette confrontation, jamais voulu voir ni même entrevoir le bordel que j'avais laissé derrière moi en partant. Et de la même manière que j'avais su au plus profond de moi à vingt et un ans que je ne pouvais pas rester, j'ai compris que si je la laissais partir aujourd'hui sans amorcer le début d'un dialogue, elle ne remettrait jamais les pieds ici.

Tu ne veux pas d'elle ici, tu te souviens ? Le compliqué, c'est pas ton truc, a argumenté le petit diable sur mon épaule.

Non, mais Emerson, ça, c'est ton truc, l'ange opposé a répondu.

Ou bien c'était l'inverse, qu'est-ce que ça peut bien foutre.

– Emerson, j'ai appelé, mais elle ne s'est pas arrêtée. Emerson !

J'ai haussé la voix tout en me précipitant pour la rattraper. J'avais à peine effleuré la peau toute douce de son poignet qu'elle a fait volte-face.

– Quoi ?

Elle a failli crier, et le temps qu'elle remette en place le masque qu'elle préférait, la douleur que j'ai aperçue dans ses yeux était insoutenable.

– Pourquoi c'est de la folie ? j'ai demandé.

– L'équipe de Têtes brûlées ?

– Oui, j'ai menti.

J'avais fait tout ce qui était en mon pouvoir pour éviter Emerson. Éviter de penser à elle, de l'appeler, de venir la voir, de la supplier de me pardonner d'avoir besoin d'une vie qu'elle ne comprendrait pas. Je voulais comprendre pourquoi elle refusait de reconnaître qu'on avait existé, mais j'allais me contenter de son opinion sur l'équipe.

– C'est impossible.

– Rien n'est impossible. Rien ne m'est impossible.

Elle a écarquillé les yeux, et j'ai failli me jeter sur elle juste pour le prouver.

Nom de Dieu. Ça fait moins de douze heures que tu es arrivé, et elle a déjà réduit ta volonté à celle d'un gamin de dix-huit ans.

– Écoute, la ville ne le supportera pas. Avec les indemnités à payer, on est à peine sortis du rouge. Legacy ne peut tout simplement pas s'offrir une autre équipe de pompiers d'élite.

– Et si la ville n'a pas besoin de payer ?

– Quoi ?

– Si Legacy n'est pas responsable du paiement des salaires ni des assurances et indemnités, est-ce que la ville acceptera ?

Elle a cligné des yeux plusieurs fois ; je voyais presque les engrenages tourner dans son cerveau intelligent.

– La ville a toujours payé le coût de l'équipe. C'était une question d'orgueil. Tu envisages un soutien national ? Du Service des forêts ?

– Non. On sera soumis à leurs règles, mais avec des financements privés.

Elle m'a regardé, suspicieuse.

– Par qui ?

À mon tour d'hésiter un instant.

– Moi.

Un sourcil parfaitement dessiné s'est haussé, formant un arc délicat.

– Vraiment ?

– Vraiment.

– Bash, en moyenne, une tête brûlée touche au moins soixante mille dollars par an, et c'est sans compter les capitaines d'équipe, les directeurs. Il faut gérer une équipe de dix-huit à vingt personnes, ce qui veut dire que tu devrais sortir au moins un million à l'année, avant même les frais généraux.

J'ai immédiatement souri.

– C'est chouette de te voir faire bon usage de ton MBA. Les cours sont finis depuis quand ? Deux mois ?

– Tu m'espionnes, Bash ? a-t-elle répliqué du tac au tac.

– Toujours. Et je suis absolument conscient des coûts. J'ai les reins solides.

Je l'ai regardée droit dans les yeux pour qu'elle sache que ce n'était pas du bluff.

Elle a intégré l'information comme elle le faisait toujours, avec un simple hochement de tête, déjà prête à passer au problème suivant, alors que je venais de lui faire comprendre que j'étais riche. Emmy ne s'était jamais intéressée à l'argent quand sa famille en avait, et encore moins quand elle n'en avait pas.

– L'argent n'est pas le seul obstacle.

– Le conseil, j'ai dit.

– La ville entière. Bash, tu as construit ce complexe sur les anciennes terres de Parson.

– Ça fait trois ans que ce sont mes terres.

Depuis que j'avais vendu ma première appli. La moitié de l'argent était allée à l'achat du terrain, et l'autre chez mon courtier en Bourse, pour être investie. Quatre applis plus tard, je me portais plutôt bien.

– Ce n'est pas la question. On est à quoi – peut-être un kilomètre de la crête ?

Sa voix s'est faite plus grave et ses épaules sont retombées.

– Pourquoi ici ?

– Parce que si je n'avais pas acheté le terrain, des développeurs immobiliers s'apprêtaient à le faire. Tu préférerais des appartements, ici ? Des touristes qui veulent être plus près des pistes ? Mieux vaut que ce soit nous, des gens comme eux, que des étudiants en vacances qui font les cons sur la terre même où nos pères sont morts.

Elle a hésité, ses yeux glissant d'un côté à l'autre, comme toujours quand elle prenait une décision. Merde, il fallait que ce soit la bonne du premier coup. Il était impossible de faire changer Emerson d'avis.

– Aide-moi, Emerson. Tu connais la ville, tu peux faire passer la pilule.

Son regard a croisé le mien.

– Tu demandes à cette ville de saigner à nouveau, alors qu'elle n'a presque plus rien à donner.

– Je demande à la ville de respirer, de revivre.

Elle a pivoté lentement, observant chaque détail des locaux. L'immense salle commune faite pour accueillir toute sorte d'événements, des réunions à l'entraînement en passant par des soirées télé les jours de match, puis les bureaux, la cuisine, les longues tables de la salle à manger, et même les escaliers qui menaient en bas, aux appartements destinés à ceux qui ne voudraient pas s'installer en ville.

– Je vais y réfléchir.

J'ai relâché ma respiration. C'était un *peut-être*. Peut-être, c'était bien. Je pouvais forcer la main au conseil et, pour les entreprises et les commerces – tout ce que l'argent pouvait acheter –, j'allais m'en charger. Mais pour tout ce qui concernait les sentiments… Aux yeux de la ville, j'arrivais de l'extérieur. J'étais parti, j'avais abandonné Legacy quand elle se relevait à peine.

J'avais abandonné Emerson.

Elle s'est dirigée vers la porte et s'est arrêtée devant le mur où on avait accroché les photos de l'équipe de l'époque. Dix-huit héros. Dix-huit abris déployés. Dix-huit cercueils.

Ses doigts ont effleuré la photo de son père souriant, le bras autour du mien. Ils avaient été inséparables, meilleurs amis depuis l'école primaire et jusqu'au bout : leurs corps sans vie avaient été retrouvés côte à côte.

– C'est leur équipe, Emmy. Celle de nos pères, de nos potes. Ils aimaient cette équipe. Je ne t'ai jamais rien demandé, et là, je te demande…

J'ai serré les dents un instant.

– … je te *supplie* de m'aider à ressusciter leur équipe.

Elle m'a regardé et ses yeux voyaient à travers toutes les couches de connerie qui me servaient d'armure depuis que j'avais quitté Legacy.

– Et qu'est-ce que tu y connais à la gestion d'une équipe de Têtes brûlées, Bash ? Ce n'est pas le genre de truc où on peut juste jeter du fric pour régler le problème et se barrer après.

Merde. Putain. Chier.

J'ai inspiré profondément.

– Je suis en train d'embaucher quelqu'un pour diriger l'équipe. J'ai bossé avec lui en Californie.

– En Californie ?

Son ton exigeait la vérité.

– Je bosse dans une équipe de Têtes brûlées depuis un moment déjà. Je sais ce que je fais.

– Depuis combien de temps ? a-t-elle demandé, reconstituant les faits plus vite que je ne l'aurais voulu.

– Six ans, j'ai dit tout bas.

– Tu m'as quitt… Elle s'est interrompue avec un mouvement de tête et un sourire ironique. J'ai fini par comprendre que tu bossais dans une caserne. Ryker me l'a dit il y a quelques années, mais je ne savais pas quand tu avais commencé. Tu bosses avec eux ? Ryker ? Knox ?

– Ryker, oui. Knox est plus au nord, j'ai répondu. J'ai ça dans le sang. Je l'ai toujours eu.

J'ai tendu la main vers elle. J'avais besoin qu'elle reste assez près pour pouvoir la toucher, pour l'empêcher de s'enfuir.

Mais elle s'est éloignée, et je l'ai laissée faire.

– Tu ne me dois pas d'explication, Bash. Ça n'a jamais été le cas.

Prends le taureau par les cornes. Vas-y.

– Il y a autre chose que tu devrais savoir.

– Ah ?

– Je ne reste pas. Dès que l'équipe sera en place, je retournerai en Californie.

Comme si ses traits s'étaient figés d'un seul coup, son visage est devenu un masque impénétrable.

– Tu vas vraiment repartir ? Tu as attendu le moment où tu pensais que je serais à Londres… Tu as planifié ta visite exprès pour ne pas me voir…

– Oui.

Inutile de lui mentir. Elle me connaissait trop bien pour ce genre de connerie. Entre nous, il n'y avait jamais eu de mensonge. Des vérités qui font mal, peut-être, mais jamais de mensonge, et je n'allais pas m'y mettre aujourd'hui.

Elle a hoché la tête une fois, puis une autre, et elle a tourné les talons pour se diriger vers la porte. Merde. Ce n'était pas censé être si dur. Propre, simple, définitif – c'était ça le plan, au départ. Et puis elle avait surgi pour se rasseoir à sa place à la réunion du conseil, et j'avais su que j'étais complètement baisé. Et pas d'une bonne manière.

– Emerson, je t'en prie. C'est tout ce qu'il reste d'eux.

Elle s'est arrêtée, la main sur la porte. Ses épaules se sont soulevées deux fois avant qu'elle se retourne pour me regarder.

– Non, Sebastian. Ce qu'il reste d'eux, c'est nous. Ça, ce projet fou, c'est juste toi qui reconstruis précisément ce qui les a tués.

Sans un mot de plus, elle est sortie par la grande porte et l'a refermée en silence, emmenant ma seule et unique chance de réussite.

3

Emerson

– C’est vraiment n’importe quoi, a dit Harper, d’accord avec moi, couvrant les conversations du bar.

Wicked était le pub le plus fréquenté de la ville, pour la bonne raison que c’était le seul de Legacy. On avait eu de la chance de trouver deux tabourets, un vendredi soir.

Enfin, bien sûr, Harper aurait pu convaincre n’importe quel mec de lui laisser sa place. J’avais vu ses yeux bleus et sa chevelure blonde opérer leur magie plus d’une fois.

– C’est comme ça, j’ai dit en haussant les épaules, avant d’avaler un Tic Tac à la menthe.

– Et il n’a rien dit de plus ? Il ne t’a pas parlé ? De rien ?

J'ai fait tourner mon verre sur le comptoir comme une toupie avant de le retenir de la main.

– Non. Il m'a juste demandé de l'aider, et je ne l'ai pas revu depuis. Et n'ai toujours pas décidé ce que j'allais faire.

– J'arrive pas à croire qu'il est vraiment là. Ryker ne m'avait rien dit, je te le jure.

Je l'ai rassurée d'un sourire.

– Ça fait plus de vingt ans que t'es ma meilleure amie, Harper. Je sais bien que tu me l'aurais dit.

Elle s'est recroquevillée, dépitée.

– Je me sens comme une merde de n'avoir rien remarqué. Ry ne rentre pas souvent, et franchement, je faisais juste le maximum pour profiter de la présence de mon idiot de frère.

Elle s'est penchée au-dessus du bar.

– Mike, une autre tournée ! a-t-elle crié, levant son verre à liqueur pour lui montrer.

– Sans doute plus qu'une seule, j'ai marmonné alors qu'il opinait de la tête.

– T'es belle ce soir, Harper, un des mecs du coin s'est écrié depuis sa place, au premier rang pour reluquer les fesses de mon amie dans cette position penchée.

J'ai glissé la main dans la ceinture de Harper pour la tirer vers le bas, qu'elle se rasseye. Elle s'est immédiatement retournée en brandissant son majeur.

– Arrête tes conneries, Alex. J'ai ton fiston dans ma classe de maternelle, merde.

– Eh, je te faisais juste un compliment. Toi aussi tu es belle, Emerson, bien sûr, a ajouté Alex avec un doux sourire trompeur.

– C'est ça, a répondu Harper d'un ton acide.

– Merci, Alex, j'ai répondu en même temps, tout en tirant sur mon pull.

– Alors, Vargas est revenu, hein ? a-t-il dit en jouant des sourcils.

Ah, la vie dans une petite ville.

– Il ne fait que passer.

– Ah oui, il essaie de redémarrer l'équipe de ton père, c'est ça ? Comme si ça risquait d'arriver.

Mes doigts se sont crispés autour de mon verre, et je ne savais pas si c'était parce qu'il avait mentionné l'équipe si nonchalamment ou parce qu'il supposait bêtement que Bash n'en était pas capable. *Peut-être que ce serait une bonne chose, une chose nécessaire.*

– Greg, contrôle ton pote, a ordonné Harper quand il est apparu depuis le fond du bar.

– Bien sûr, et après ça je m'occupe du réchauffement climatique, a répondu Greg. En tout cas, quoi qu'il en soit, je pense que Bash a eu une bonne idée.

Il m'a fait un clin d'œil avant de rejoindre ses copains à leur table.

J'ai posé ma tête dans mes mains, priant de tout mon cœur pour un deuxième shot.

– Pourquoi je ne suis pas attiré par lui ? j'ai demandé tout bas à Harper.

Elle s'est penchée plus près, très consciente qu'il y a toujours des oreilles partout dans une ville comme la nôtre.

– Il me ferait du bien, non ? Il est drôle, gentil, stable. Et même plutôt mignon !

– Greg est un type bien, a-t-elle reconnu. Tu peux toujours essayer un rencard ou deux, juste pour voir comment ça évolue…

– Mais ? j'ai demandé, sachant qu'elle n'avait pas terminé.

– Mais si vous n'avez pas le genre d'électricité « je veux te prendre contre un mur là-tout-de-suite », ça va être compliqué pour toi.

Elle s'est tue pendant que Mike nous servait deux shots de *lemon drops.* Il s'est éloigné à nouveau après un petit signe de tête.

– Pourquoi ? Tout un tas de gens sont heureux sans avoir des hormones déchaînées comme ça. Ça doit être ça la philosophie de « qui veut voyager loin ménage sa monture », j'imagine.

Elle a levé les yeux au ciel.

– Regarde Greg à nouveau, m'a-t-elle dit sur un ton de défi.

J'ai pivoté sur mon tabouret et j'ai vu Carrie Cook accrochée à l'épaule de Greg, en train de caresser machinalement du pouce le col de sa chemise.

– Et alors ? j'ai demandé à Harper.

– Est-ce que ça t'énerve ? Réfléchis bien.

J'ai examiné de près mes émotions, très attentive à la façon dont cette fille un peu plus âgée flirtait avec Greg, le son de son rire.

– Nan, j'ai dit. Je suis intriguée, je me demande un peu jusqu'où ils vont aller, mais je ne suis pas du tout en colère. J'aime vraiment bien Carrie. Elle est super sympa.

– Ouais, donc non, a-t-elle dit, moqueuse, pivotant une fois de plus pour faire face à nos verres.

Je me suis retournée aussi, une main sur le bar pour me stabiliser.

– Eh, ça pourrait. Je suis déjà sortie avec des mecs que je ne désirais pas en permanence.

Cette fois-ci, elle a carrément ri.

– Bien sûr. Et ça n'a jamais vraiment marché avec aucun d'entre eux. Pourquoi ? Parce que tu l'as connu, ce désir permanent, ce besoin charnel, cette envie montante, mordante et dévorante d'arracher les vêtements de quelqu'un, et pas seulement parce que la personne est super sexy, mais parce que ce mec, tu l'aimais. Tu ne seras jamais heureuse dans une histoire qui n'est pas à la hauteur de cette connexion-là.

Elle a ponctué sa tirade en me saluant d'un geste avec son verre.

Rien que de repenser à Bash quasiment pressé contre moi le long du billard l'autre jour avait suffi à faire courir un frisson brûlant dans tous mes membres. Ses lèvres s'étaient entrouvertes, son regard avait croisé le mien. *Ça s'est passé.*

– Il m'a gâchée pour tous les autres, j'ai dit avec un sourire sarcastique, avant de lever mon propre verre.

– Non, il t'a juste rendue plus exigeante, c'est tout. Allez, passons à… oh ! merde !

Elle a soupiré.

J'ai suivi son regard dans le miroir au-dessus du bar.

– Oh ! merde, j'ai répété en murmurant.

On a pivoté sur nos tabourets toutes les deux, nos verres à la main. Carrie ne tripotait plus Greg. Oh ! non ! Elle jouait désormais de ses ongles parfaitement roses avec le bouton d'une chemise bleu clair tendue sur un torse que je ne connaissais que trop bien. Les manches en étaient remontées, révélant la bande de tatouages sur son bras droit qui, je le savais, montaient jusqu'à son épaule et redescendaient sur son dos. Bash.

Il a levé les yeux comme si je l'avais appelé, et nos regards se sont croisés. *L'électricité* « je veux te prendre contre un mur là-tout-de-suite », *c'est ça.*

Nom de Dieu, j'avais envie de lui, c'était indéniable. Je voulais sentir la force de ses muscles. J'avais besoin de sentir sa bouche sur la mienne. J'avais soif de cette perte de contrôle si douce que seul Bash avait su me procurer. D'ailleurs, il y avait une petite étagère contre le mur juste là, sur laquelle il aurait pu poser mes fesses pendant qu'il m'aurait retiré mon jean. Mon corps avait oublié les six dernières années, avait fait un saut en arrière, était retourné à l'année de mes dix-huit ans, avait immédiatement reconnu que son maître était là.

Son maître ? Ça va pas, non ? Sûrement pas. Je me suis tout de suite reprise, ordonnant à ma culotte de rester bien en place sur mes hanches, et j'ai tenté d'éteindre complètement ma libido. Évidemment, il avait fallu qu'elle choisisse cette semaine pour réapparaître.

Plus il me fixait, plus son regard devenait brûlant, et c'est purement par instinct que je me suis léché les lèvres. Il a fait un pas dans ma direction, mais Carrie l'a retenu par la chemise et lui a fait un sourire super mignon. *Pétasse.*

– Ça y est, tu te l'es déjà mentalement tapé ou pas ? Parce que putain, avec des œillades sexuelles comme celles-là… a remarqué Harper.

– Oh, deux fois, probablement, j'ai avoué avec une grimace.

On a trinqué, et j'ai croisé le regard de Bash avant d'avaler mon *lemon drops* et de lécher le sucre sur le bord de mon verre. Ses doigts se sont crispés autour de la bouteille qu'il tenait. *Au moins, tu lui fais encore de l'effet.* Je me suis retournée pour reposer bruyamment mon verre sur le bar

– Arrête de me regarder comme ça, Emmy.

La voix de Bash a résonné dans mon oreille gauche, grave, reconnaissable entre toutes.

– Je fais de mon mieux pour te laisser de l'espace, mais si je vois encore une fois ton petit bout de langue rose, il finira dans ma bouche.

J'ai détesté le délicieux frisson qui a parcouru ma colonne vertébrale… Presque autant que j'ai aimé l'étincelle de feu qui lui a succédé.

– Occupe-toi de ta propre langue, j'ai rétorqué, d'une voix bien plus assurée que je ne l'étais vraiment.

– Comment ça va, la Harpie ?

Il taquinait Harper comme si on était encore au lycée. Comme s'il n'était pas parti sans un bruit pour aller se battre contre des incendies de forêt en m'abandonnant nue dans son lit. Comme si je n'avais pas dû repartir en me cachant pour éviter sa mère… Comme si je n'étais qu'une de ces filles en rotation dans son agenda.

– Plutôt pas mal avant que tu te pointes, Bashtard, elle a répondu.

Tout l'alcool du monde n'aurait pas suffi pour supporter ce genre de flash-back.

– Mike ? j'ai appelé en levant mon verre à liqueur.

– Tu en as déjà bu combien ? a demandé Bash en se glissant à côté de moi pour s'accouder au bar. Sa bière, qu'il a posée sous mes yeux, était encore pleine.

– C'était mon deuxième.

– Et ton dernier, a-t-il dit en faisant signe à Mike, se passant le tranchant de la main sur la gorge.

– T'as raté quelques trucs, j'ai dit en le fusillant du regard. J'ai grandi en ton absence, et avec ça vient la capacité de boire autant que je veux. Tu n'es pas mon maître. *Quel con mon cerveau, putain. Merde et merde.*

Il a haussé un sourcil.

– Maître, hum ? OK, on peut jouer à ce jeu-là.

– Dans tes rêves, j'ai dit et, j'ai glissé de mon tabouret.

Mon souffle s'est coupé lorsqu'il a attrapé la ceinture de mon jean pour m'attirer contre son corps si large et, surtout, tellement chaud.

– Bash, j'ai dit d'un ton menaçant.

Sa barbe naissante a effleuré mon oreille.

– Premièrement, crois-moi, je suis tout à fait conscient que tu es une femme aujourd'hui. Deuxièmement, j'ai besoin que tu ne sois pas bourrée parce qu'il faut que je te parle.

J'ai dû convaincre mes paupières de ne pas se fermer et me retenir de m'abandonner, de me détendre, là, en sécurité contre son corps. Était-il vraiment obligé de sentir si bon, nom de Dieu ? Le cèdre et la forêt.

– Et troisièmement ?

Avec lui, il y avait toujours un troisièmement.

Sa bouche a chatouillé le lobe de mon oreille, et mes lèvres se sont entrouvertes d'elles-mêmes.

– Si tu n'arrêtes pas de boire, je ne peux pas t'embrasser. Après trois shots, tu prends de mauvaises décisions.

Bouge pas ! j'ai ordonné à ma culotte qui suppliait d'être démise de ses fonctions.

– Et comme tu es toujours une mauvaise décision, un troisième shot n'y changerait rien, j'ai dit. De deux, si tu crois avoir vu un signal qui dirait « embrasse-moi », tu t'es trompé.

J'ai parlé tout bas, même s'il avait été difficile qu'on nous entende avec le grunge rock quelconque qui sortait du juke-box.

– Ton pouls s'est accéléré, a-t-il dit, ses doigts serrant légèrement mon poignet. Tu respires fort et tu gigotes d'un pied sur l'autre, et tout ça, seulement depuis que tu as remarqué ma présence. Tu as besoin qu'on t'embrasse, et pas qu'un peu.

Je me suis éloignée avant que mon corps, ce traître, ne puisse émettre encore plus de signaux.

– Eh bien, dans ce cas, je connais quelqu'un de beaucoup moins dangereux qui peut s'en occuper.

J'étais encore à un mètre de Greg quand je me suis retrouvée sur l'épaule de Bash.

– Sebastian ! j'ai crié.

L'assemblée a applaudi et Bash s'est dirigé vers la sortie. Même Harper m'a fait signe des deux pouces, ajoutant un autre geste obscène et mimant de la bouche « contre le mur ! »

Nom. De Dieu. De merde.

Peut-être que si je me réveillais tout de suite de ce cauchemar, je pourrais éviter le moment où j'allais me retrouver toute nue au boulot.

– Repose-moi ! j'ai crié.

Une voiture flambant neuve est arrivée dans le parking, Ryker au volant.

– Tout de suite, putain !

C'était absolument inacceptable.

– Euuh, Emerson, ça va ? a demandé Ryker, dépliant sa silhouette imposante pour sortir du pick-up, son regard hésitant entre Bash et moi.

– Elle va très bien, a répondu Bash à ma place.

– Non, ça ne va pas du tout ! j'ai dit. Tu vas rester là sans rien faire pendant que cet homme de Cro-Magnon me kidnappe ?

En réponse, la main de Bash s'est crispée sur mes fesses.

Ryker a baissé la tête avant de soupirer profondément.

– Putain, vous deux. Ça fait à peine une semaine que vous êtes dans la même ville et vous vous embrouillez déjà. Bash, est-ce que tu vas lui faire du mal ? La séquestrer dans une cave ?

– M'emmerde pas, Ryker. Évidemment que non.

– Emerson, est-ce que tu as sérieusement peur de Bash ?

– Quoi ? Non. C'est juste un chieur. Pose-moi !

Je me suis débattue comme une furie et Bash a grogné. Tant mieux.

– OK, alors amusez-vous bien, les enfants, et réconciliez-vous. Emmy, donne-lui une bonne leçon.

Après un petit au revoir de la main, il est entré dans le bar où l'attendait sa sœur.

– Enfin seuls, Emmy.

– C'est une putain de blague, j'ai grogné.

4

Emerson

Bash m'a reposée avec précaution, si lentement que dans la descente j'ai senti chaque centimètre de son corps musclé contre le mien.

À côté de moi, la porte de sa Range Rover noire s'est ouverte.

– Monte.

J'ai plissé les yeux, méfiante.

– Pourquoi ?

Un muscle de sa mâchoire a tressauté.

– Parce que tu as bu, et je te ramène chez toi. Maintenant monte, nom de Dieu.

– Toi aussi tu as bu, j'ai objecté.

– Non. J'ai à peine touché à ma bouteille. Tu veux goûter mon haleine pour vérifier ?

Ses yeux pétillaient, les points dorés dans ses iris noisette scintillant sous l'éclairage public.

– Tu ne veux pas dire sentir, plutôt ?

– Non, j'ai dit précisément ce que je voulais dire, a-t-il répondu avec un sourire narquois. Allez, monte.

Sa voix était plus grave, plus calme.

– Fais pas ça, j'ai murmuré.

– Quoi ?

Il a posé sa main sur le toit de la voiture et s'est penché, son visage à quelques centimètres du mien.

– Ne fais pas comme si tu étais toujours le type avec qui j'ai grandi. Comme si je devrais te reconnaître, alors qu'on sait bien tous les deux que c'est pas vrai. Ça me fait tourner en bourrique, et je n'aime pas ça.

Je détestais ça. Et le pire, c'était que mon cœur, apparemment, ne pouvait pas faire la différence. Il s'embrasait de cette sensation intense et douloureuse que j'avais toujours ressentie en présence de Bash, comme s'il avait oublié les années passées à panser ses blessures et à se reconstruire.

Bash a écarquillé les yeux, surpris par mon honnêteté, et il a reculé d'un pas.

– Monte, je t'en prie. Permets-moi de te ramener chez toi.

Je suis montée dans la voiture et Bash a refermé ma porte, puis fait le tour pour prendre place au volant. Le moteur a vrombi, et nous étions en route. Si je fermais les yeux, c'était quasiment comme pendant mes années de lycée. À l'exception des réalités matérielles de sa vie : les vêtements qu'il portait, la voiture qu'il conduisait, même la rue dans laquelle on roulait – à l'époque, rien n'avait été aussi luxueux. Mais j'aurais volontiers échangé tout ça contre l'honnêteté et la clarté de nos émotions de cette époque-là.

La voiture sentait le neuf parce qu'elle l'était. Le cuir était doux et souple, impeccable – un peu comme Bash lui-même aujourd'hui. La Dodge tout abîmée avec laquelle il m'avait emmené à la fête de fin d'année me manquait.

– Elle morfle pas trop, cette voiture, quand on t'appelle sur un feu de forêt ? j'ai demandé, brisant le silence alors qu'il freinait à un feu rouge.

Il m'a regardée du coin de l'œil, probablement surpris que j'aborde le sujet des incendies.

– Non, je prends mon pick-up pour le boulot. Celle-ci, c'est le cadeau que je me suis fait après mon dernier gros contrat, usage urbain uniquement.

– Ah ! oui, c'est vrai. Tu vends des applis pour les pompiers ou je ne sais plus quoi.

Sur ses lèvres, un petit sourire s'étirait.

– On se renseigne sur mon compte ?

– Je ne vois pas le problème, j'ai répondu. Harper m'a tenue au courant.

– Ah ! oui… C'est pas comme si on avait perdu le contact, Ryker et moi, a-t-il dit en tournant dans ma rue.

– En réalité, elle ne m'avait rien dit jusqu'à ce que je lui en parle cette semaine. Un jour, Ryker m'a dit que tu avais rejoint une équipe en Californie… Et depuis, on a une règle : interdit de mentionner Bash. Harper ne parle pas de toi, et je ne demande jamais rien.

– Jamais ? a-t-il lancé en se garant devant chez moi, avant de tirer le frein à main.

– Jamais. C'est mieux pour ma santé mentale.

J'ai levé les yeux vers ma petite maison de ville.

– Tu m'as ramenée chez moi.

– C'était bien l'idée, non ?

– Oui. Mais ce n'est pas chez ma mère. C'est *ma* maison, que j'ai achetée bien après ton départ. On se renseigne sur mon compte ? j'ai dit pour le taquiner.

– Toujours.

Son regard m'a coupé le souffle. Il était possessif, intense, brûlant comme il ne l'avait jamais été dans notre jeunesse. Bordel, je perdais le contrôle. Celui de mon corps, en tout cas. *Heureusement que c'est ton cerveau qui pilote le tout.*

Son regard s'est posé sur ma bouche, et mes lèvres se sont entrouvertes. J'ai passé ma langue dessus en le regardant, fascinée par la façon dont ses yeux se sont assombris. Il a tendu la main pour la poser sur ma joue, son pouce caressant ma pommette.

– Emerson.

C'était trop pour moi. Tout était trop quand il était si près. Je m'étais construit de belles murailles, renforcées, ignifugées, et il s'y attaquait à coups de massue… Il démolissait les défenses que j'avais passé les six dernières années à dresser.

– Bash…

J'ai secoué la tête pour déloger sa main et tenté maladroitement d'ouvrir la porte, mais la poignée ne se trouvait pas où je m'y attendais.

– J'ai toujours su où tu étais, a-t-il dit.

Je me suis interrompue, captivée par sa voix rauque.

– Quand tu as été prise à l'université du Colorado, je l'ai su, puis quand tu as choisi d'aller à Western State parce que c'était plus près. Tu n'as pas déménagé pour faire ton master parce que tu ne supportais pas l'idée de partir alors que la ville peinait à se reconstruire. J'ai su quand tu as acheté cette maison, et quand le ballon d'eau chaude est tombé en panne.

– Quoi ? Comment ?

Merde, ma voix n'était qu'un chuchotement.

– J'ai demandé. Ryker me disait tout. Peut-être que tu m'as gardé loin de tes pensées, que tu as tourné la page, que tu n'as jamais été hantée par notre histoire, mais moi, pas un jour ne s'est écoulé sans que je ne pense à toi… Que je m'inquiète pour toi. Sans que je vérifie la météo pour m'assurer que tu ne n'allais pas te tuer sur la route en allant à la fac.

Tout l'oxygène avait disparu. Pourquoi ? Mes poumons n'arrivaient pas à inspirer… et quand ils parvenaient à se gonfler d'air, tout n'était que Bash. La voiture était pleine de son odeur, l'air avait son goût, ma peau était plus chaude là où il m'avait touchée… Tout était Bash.

– Faut que je sorte.

Mes mains luttaient contre la porte, mais rien ne bougeait, il n'y avait pas d'issue.

– Tu nous as enfermés, putain !

La porte s'est ouverte et j'ai failli lui tomber dans les bras. Quand était-il sorti ? Il m'a attrapée sans difficulté par la taille et m'a aidée à retrouver mon équilibre debout.

– Elle est là, a-t-il dit tout bas, me montrant la poignée à l'intérieur de la porte. Tu n'es pas enfermée. Jamais je ne ferais ça.

J'ai acquiescé en essayant de comprendre ce qu'il venait de dire, en vain. Ce n'était que des mots, sans rapport avec ses actions. Rien.

– Il faut que je rentre. Je sais que tu veux parler de l'équipe, mais je ne peux pas. Pas ce soir. Pas comme ça.

– Comme quoi ? a-t-il demandé en se rapprochant.

– Tout énervée comme ça ! Merde, Bash, t'es revenu depuis combien, quatre jours ?

– Environ, oui.

J'ai lutté pour me contrôler, pour que la minuscule part logique de mon cerveau domine mes émotions, qui suppliaient que je les libère de la prison où je les retenais. Mais il était là, devant moi, après six ans d'absence – six ans à m'inquiéter, à le haïr presque, et je n'ai pas réussi à me retenir. Mon cœur a tout lâché, ma bouche a vomi le torrent de mots que j'avais retenus depuis son départ.

– Tu t'invites dans mon espace, tu me kidnappes pendant ma soirée, tu me donnes des ordres et tu fais comme si tu avais un genre de droit sur moi, comme un homme de Cro-Magnon, alors qu'on sait très bien tous les deux que tu n'en as aucun. Six ans sans un seul coup de fil, sans un e-mail, sans un putain de statut Facebook ! T'es parti. Tu te souviens ? C'est pas en marchant que tu t'es enfui, c'est en courant !

Il a franchi le dernier pas qui nous séparait, prenant appui d'une main sur la voiture et passant l'autre dans mes cheveux, sur ma nuque.

– De un, j'étais un gamin. Tu étais une gamine. Les gamins font des conneries. De deux, oui, je suis parti en courant. Je ne t'ai jamais menti, Emmy, et je ne vais pas m'y mettre maintenant.

– Et de trois ? j'ai raillé.

Un sourire en coin – tellement sexy que j'ai failli m'écrouler.

– Et de trois (son expression s'est soudain concentrée, presque dangereusement sérieuse, et sa main s'est crispée dans mes cheveux), j'ai *tous* les droits sur toi.

– N'importe quoi, j'ai craché, mes mains sur ses biceps, m'apprêtant à le repousser de toutes mes forces.

Nous étions si proches l'un de l'autre qu'il envahissait tous mes sens, bouleversant mon esprit tout entier, et faisait bouillir le sang dans tout mon corps.

– Cette bouche ? a-t-il dit, traçant ma lèvre inférieure de son pouce. Elle a d'abord été à moi. Ces formes ?

Sa main a effleuré mon flanc, pressant gentiment contre ma taille au passage, et s'est posée sur ma hanche. Il a fermé les yeux un court instant et lâché un gémissement étouffé.

Putain.

Mon corps a pris vie. Une simple caresse et mon pouls battait comme un fou. Mon souffle était coupé, ça bourdonnait au cœur de mon ventre. Tout ça à cause d'une simple. Putain. De caresse.

J'étais vraiment mal barrée.

– J'ai été le premier à cartographier toutes les courbes de ton corps. Ma langue a goûté en premier chaque délicieux centimètre de ta peau.

– Arrête, j'ai supplié.

Mais pourquoi ? Je voulais qu'il arrête, qu'il me laisse tranquille une bonne fois pour toutes et qu'il retourne en Californie. Mais était-ce vraiment ce que je voulais pour de vrai ?

– J'ai été le premier homme dans ce corps, Emerson. Le premier à te prendre, à t'enflammer, le premier à te faire l'amour.

– Et tu crois que ça te donne des droits sur la femme d'aujourd'hui ? La fille à qui tu as fait l'amour n'existe plus depuis longtemps, j'ai rétorqué, me raccrochant tant bien que mal à des lambeaux de logique.

– Ton corps dit tout le contraire. Tes respirations toutes saccadées, tes cuisses qui se pressent, et je suis sûr que j'ai des marques aux bras là où tu as enfoncé tes ongles. Tu es quasiment en train de hurler que tu me veux, et je t'ai à peine touchée.

Nom de Dieu, il avait raison. Mais jamais je ne l'admettrais.

Bash s'est penché, sa bouche dangereusement proche de la mienne.

– Dis non, m'a-t-il ordonné. C'est tout ce que tu as à dire, chérie. Un tout petit mot.

Mon Dieu. Je devrais. Il le fallait.

J'ai ouvert la bouche pour protester... et murmuré son nom à la place.

– Bash.

Sa bouche s'est écrasée contre la mienne. Pas de premier baiser hésitant, pas d'exploration. Il me dévorait, sa langue s'est insinuée pour caresser la mienne. Sa main enveloppait ma tête et me maintenait prisonnière de cette attaque délicieuse de tous mes sens, exigeant une réponse de ma part

Il l'a reçue, ma réponse. Je n'ai pas pu retenir un gémissement tandis que je l'embrassais de toutes mes forces.

Dans mon corps, le feu faisait rage. Il a incinéré les cendres qui gisaient encore dans mon cœur. Mes bras se sont noués autour de son cou et je me suis abandonnée à la sensation d'embrasser à nouveau Bash. Le passé et le présent se sont mêlés, fluides, j'aurais aussi bien pu avoir à nouveau dix-huit ans – mais ces six ans m'avaient dotée d'une expérience accrue, et j'étais bien plus consciente du foyer ardent dans mon ventre, de mon besoin de jouissance, et de cet homme que je savais capable de me la donner.

C'était l'enfer et le paradis en un seul et même instant.

Mon dos a buté contre la Rover quand Bash s'est pressé de tout son poids contre moi. Il était tellement plus imposant qu'à vingt et un ans, sa silhouette parcourue de muscles saillants qui attiraient mes doigts comme des aimants. Il était plus adroit aussi, ses lèvres devenues expertes dans l'art de tirer tout le plaisir possible de ma bouche. La main qui était sur ma hanche a glissé sous mes fesses et il m'a soulevée sans effort, mon corps arc-bouté contre la voiture.

– Tu vas rayer ta carrosserie, j'ai haleté lorsqu'il a tourné son attention vers mon cou, effleurant des dents ma peau délicate avant de lécher doucement le trajet de retour jusqu'à ma bouche.

– Rien à foutre, a-t-il dit d'une voix grave comme un grognement de lion.

J'ai noué mes jambes autour de ses hanches et je me suis frottée contre lui éhontément, en quête du contact dont j'avais besoin. Oh, c'était ça qui m'avait manqué avec les autres – ce désir brûlant qui me consumait de l'intérieur, qui exigeait d'être entendu, d'être satisfait.

Il m'a incliné la tête de sa main et m'a embrassée sans relâche. Son parfum de cèdre me montait à la tête, sa langue emplissait ma bouche, sa peau réchauffait le bout de mes doigts ; un gémissement grave a résonné dans mon oreille quand mon bassin a basculé contre son érection.

Seul Bash me faisait cet effet, me transformait en sirène affamée de sexe, me donnait un sentiment de toute-puissance : le sentiment d'être non seulement désirée, mais indispensable. Il m'embrassait comme si je n'étais pas n'importe quelle nana, ni même la bonne nana. Non, Bash m'embrassait comme si j'étais nécessaire à son existence même.

Mais ce n'était pas vrai.

Il l'avait prouvé encore et encore ces six dernières années et, dès qu'il aurait mis l'équipe en place, il allait s'en aller sans regarder en arrière. Sans penser une minute à moi.

– Arrête, j'ai supplié contre sa bouche.

Il s'est figé, et j'ai senti sa respiration haletante sur mes lèvres.

– Emmy ?

Ses yeux, bordel… Ils tiraient sur le vert maintenant, ses paupières alourdies par le désir. J'ai fermé les miens, refusant de me laisser aller à cette folie une seconde de plus.

– Arrête, j'ai répété.

Il m'a déposée et s'est éloigné, mains levées paumes en avant, pacifique. Sa langue a humidifié sa lèvre inférieure, comme s'il essayait d'y trouver ce qui restait du goût de ma bouche, et j'ai failli craquer. Il était tellement sexy.

Mais au lieu de craquer, j'ai trouvé la force de m'en aller. Jambes flageolantes, j'ai fait les quelques pas qui menaient à ma porte. À mon lit. Toute seule.

Il pourrait venir. Il te suffit de dire oui.

Mais j'avais tellement lutté pour me reconstruire. Dire oui à Bash lui aurait donné le pouvoir de me détruire.

J'ai récupéré la clé de secours cachée sous un faux rocher. Quand je me suis retournée, il me fixait du regard, mains dans les poches. Il transpirait la force, la détermination et le sexe, et mon corps a bien failli se rebeller.

– Il faut que tu commences par Mme Greevy, je lui ai lancé de loin, sans réussir à contrôler le tremblement de ma voix.

– Quoi ?

Il a fait un pas en avant.

J'ai tendu mon bras pour l'arrêter.

– Stop. Ça, ça ne se reproduira pas, j'ai dit en désignant l'espace entre nous

Il a levé un sourcil, plein de défi.

– Oh ?

– Écoute-moi bien, Sebastian. Tu as trois jours avant la prochaine réunion du conseil, et je parierais la peau de ton beau petit cul que tu seras le sujet de leur discussion. Si tu veux te mettre le conseil dans la poche, il faut te mettre la ville dans la poche. Et pour ça, tu as besoin de Mme Greevy dans ton camp. Après elle, va voir M. Hartwell.

– Il est toujours prof au lycée ?

– Il est principal, maintenant.

Il a eu l'air surpris.

– Les choses changent, Bash. Et les gens aussi.

Malgré les cinq mètres qui nous séparaient, l'attirance était si forte que j'avais l'impression que nos bouches s'embrassaient toujours… que nos cœurs étaient liés l'un à l'autre. J'ai dégluti difficilement et me suis détournée pour ouvrir ma porte.

– Eh, Emerson ?

Sa voix était bien trop proche.

J'ai jeté un œil en arrière : il était sur mon palier.

– Oui, Sebastian ?

Je n'ai pas utilisé son surnom, juste pour l'irriter.

Mais il a souri. Un sourire à couper le souffle.

– Ce n'est pas pour que tu m'aides que j'ai fait ça… il a dit en imitant mon geste entre nous.

J'ai détourné les yeux. Avec une seule phrase, il avait mis le doigt sur ma plus grande peur.

– Okay.

C'est ça, oui.

Sa poitrine a touché mon dos, et ses lèvres ont effleuré mon oreille.

– Je l'ai fait parce que c'était nécessaire, parce qu'une seule minute de plus sans t'embrasser m'aurait détruit. Parce que j'avais besoin de savoir si tu es toujours aussi délicieuse que dans mon souvenir.

Mes forces m'ont désertée, et j'ai failli fondre entièrement là, devant ma porte.

– Mais c'est encore meilleur. Plus doux. Plus sexy. Et tu peux proclamer qu'on ne va pas recommencer, mais tu te trompes. Toi et moi, c'est inévitable, tu le sais bien. On l'a toujours été. L'essence et le feu, tu te souviens ?

Mobilisant mes dernières forces, j'ai tourné la poignée pour enfin entrer chez moi.

– Je ne le nie pas. Mais on sait tous les deux que c'est moi qui finis toujours par être réduite en cendres, alors excuse-moi si je ne suis pas exactement prête à te donner une énième occasion de plus de me brûler vive.

J'ai refermé la porte sans un regard en arrière et me suis effondrée contre elle, me laissant glisser à terre. J'ai respiré profondément, laissant l'oxygène me remplir les poumons, en attendant que la douleur dans mon corps et dans mon cœur se calme enfin.

En quatre putain de jours, il m'avait déjà complètement retournée, chamboulée, nouée… et je savais qu'il était seul à pouvoir défaire ces nœuds.

5

Bash

La porte du Pipelette s'est ouverte sans bruit, ce qui était tout simplement… affreux. Où était son grincement ? Ce bruit qui nous avait trahis plus d'une fois, Ryker, Knox et moi, quand on n'était pas rentrés directement de l'école.

– Je n'en crois pas mes yeux. Sebastian Vargas, ramène-toi là et laisse-moi t'embrasser, a ordonné Agnès en sortant de derrière le comptoir.

– Très joli, ton établissement, Agnès, j'ai dit en prenant la grand-mère de Knox dans mes bras. Ça a un peu changé depuis la dernière fois, mais j'aime bien.

Elle m'a relâché pour contempler son restaurant.

– Oui, j'ai fait du bon boulot, depuis. Mais le vieux mur me manque toujours, a-t-elle dit en indiquant les lambris du mur du fond, qui remplaçaient ceux perdus dans l'incendie.

Depuis aussi longtemps que je puisse m'en souvenir, des couples y avaient gravé leurs initiales. C'était plus qu'une déclaration d'amour – ce truc-là était permanent, étalé aux yeux de tous. Si tu gravais le nom de ta copine à côté du tien sur ce mur, il valait mieux déjà avoir une bague en poche parce que la moitié de la ville allait penser que le mariage suivrait bientôt.

Je n'étais pas romantique pour un sou, mais j'appréciais le sentiment. Autant cette déclaration macho et possessive que l'idée d'aimer quelqu'un tellement fort que tu es prêt à déclarer en public non seulement qu'elle est à toi, mais que tu lui appartiens aussi.

Et en même temps… Qu'est-ce qui arrivait aux pauvres couples qui se plantaient ? Est-ce que ces mecs amenaient leurs nouvelles copines ici, pendant qu'elles se retrouvaient assises à côté de la trace de leur ex ?

– C'est une immense perte. Je crois qu'il y avait plus de déclarations de mariage sur ton mur que dans le *Ledger*.

– Une triste perte, a-t-elle acquiescé. Tant d'histoires disparues… Mais les petites villes ont des mémoires encore plus longues que ça. Ces noms sont toujours gravés dans nos cœurs.

– Aucun morceau n'a survécu ? De l'ancien mur ? j'ai demandé.

– Quasiment rien. Rien qui vaille le coup d'être remis en place.

J'ai regardé tout autour.

– Tout est très…

– Neuf ? a-t-elle proposé.

– Ouais.

– Mais les pancakes sont les mêmes, au moins. Qu'est-ce que tu dirais d'une assiette avant la réunion du conseil ?

J'ai tout de suite souri.

– C'est la meilleure offre qu'on m'ait faite depuis que je suis arrivé.

– T'as qu'à arrêter d'énerver tout le monde.

Elle a agité son doigt sous mon nez avant de me pointer une place au comptoir, et elle a disparu dans la cuisine.

J'ai regardé mes mails. Merde. Si je voulais une chance infime de faire décoller cette affaire, j'avais besoin de lui.

Bash : Hey, des nouvelles de Cohen ?

J'ai attendu la réponse quelques minutes, en ignorant délibérément les regards curieux qu'on me lançait.

Knox : Non, mais j'ai trouvé quelqu'un qui sait peut-être où il est.

Bash : Merci, mec. Continue à chercher.

Knox : Pas de problème. Ça va comment, chez nous ?

Chez nous. Qu'est-ce que ça voulait dire, chez moi ? Ma mère était à Denver maintenant ; elle avait été incapable de vivre ici sans papa. Mais c'était ici que j'avais grandi, c'était ici que Ryker, Knox et moi on avait fait les quatre cents coups. C'était cette ville qu'on avait défendue, ados, et aidé à reconstruire une fois adultes.

Et puis… Il y avait Emerson.

Elle vivait ici, et même si j'avais vraiment voulu l'éviter au maximum, putain, maintenant j'étais là en train de lui courir après. Je n'avais jamais pu garder mes distances avec elle quand j'étais en ville. Elle était une des raisons pour lesquelles je n'étais jamais revenu.

Bash : Compliqué.

Knox : Toujours. T'as déjà énervé Emerson ?

Bash : Quasi instantanément.

Knox : Y'a des trucs qui changent pas, ça fait du bien.

C'est faux, les choses changent. L'attirance entre Emerson et moi avait toujours été mutuelle ; on savait tous les deux qu'il y aurait une collision un jour, ça, ça n'avait pas changé. Mais c'était toujours elle qui prenait le risque d'exposer ses sentiments tandis que je faisais de mon mieux pour la protéger en m'éloignant le plus possible.

Désormais, c'était elle qui partait en courant.

Trois jours s'étaient écoulés depuis que je l'avais embrassée et pourtant, même si ça semblait terriblement cliché, j'aurais juré que je sentais encore sa peau sous mes doigts, son goût dans ma bouche. J'avais exactement trente-trois minutes avant la réunion du conseil et la présentation la plus importante de ma vie, mais je n'arrivais à penser à rien d'autre que mon envie, mon besoin de revoir Emerson.

– Et voilà, a dit Agnès, interrompant mes pensées en posant devant moi une assiette de pancakes aux myrtilles.

– Épouse-moi, j'ai dit après ma première bouchée.

Elle a ri.

– Je me suis dit que tu avais besoin de forces avec ce qui t'attend.

J'ai continué à manger, pensif.

– Qu'est-ce que tu sais, Agnès ?

Tout.

– Oh, je sais que tu t'es bien ramassé hier avec Mary Greevy.

J'ai pris le temps d'avaler.

– Oui, bon, elle ne m'a jamais vraiment apprécié.

– Ce serait pas par hasard parce que tu t'es pavané en racontant que c'est en grande partie ton argent qui a permis la reconstruction ?

Elle m'a fait un sourire qui n'avait rien d'innocent.

– Les petites villes, j'ai marmonné en piquant une myrtille de ma fourchette.

– Oh ! oui, c'était certainement pour ça, a dit Emerson en surgissant à côté de moi. J'ai manqué de m'étouffer.

La porte grinçante me manquait ; j'en avais besoin pour éviter que des femmes à qui je ne savais pas résister puissent s'approcher en douce comme ça. Elle portait une simple robe fourreau, classe, qui épousait ses formes, bon sang, et ses talons hauts rouges… J'avais envie de la sauter telle quelle, comme ça, tout de suite.

– Comme d'habitude, Agnès, a-t-elle commandé sans me regarder.

– Qu'est-ce que tu as entendu ? j'ai demandé.

Elle m'a jeté un regard en coin.

– Juste que tu es un con prétentieux qui a oublié d'où il vient, et que si tu crois que tu vas ternir la mémoire de nos héros, tu ferais bien d'y réfléchir à deux fois.

– L'addition, s'il te plaît, j'ai demandé.

– Et si je te faisais tes cafés ? a dit Agnès à Emerson en se dirigeant vers les cafetières sans me répondre.

– Je n'ai pas besoin de l'accord de Greevy ! je me suis écrié.

Je l'ai immédiatement regretté.

– Non. Tu as besoin de l'accord du conseil, et donc de celui de la ville. Et tu ne risques pas de l'obtenir en te conduisant comme un petit con de première.

– C'était pas mon intention… J'ai secoué la tête et repoussé mon assiette. Merde. Je lui ai simplement dit que ça ne me posait pas de problème de payer, ce qui est vrai.

Emerson s'est enfin tournée vers moi. Son regard brun m'a entièrement enveloppé. Quelle femme incroyablement sexy elle était devenue en mon absence. Puis elle a soufflé pour déplacer sa frange, faisant surgir le souvenir de la fille que j'avais aimée… et j'ai perdu pied. Elle était tout ce que je voulais – tout ce dont j'avais besoin – une telle intelligence et une telle beauté…

– C'est pas ce que tu dis, Bash, c'est *ta manière* de le dire. Pourquoi penses-tu donc que l'argent est leur souci principal ?

– Parce qu'avoir à payer les indemnités après la mort des Têtes brûlées a mené la ville à la faillite.

Je peux justement m'assurer que ça n'arrivera plus. Assurer que ce qui est arrivé à…

Elle a haussé un sourcil, et je n'ai pas pu terminer ma phrase.

– À ma mère, a-t-elle dit simplement. Et à moi.

– Oui, j'ai admis.

Ce qui s'était passé était un scandale, pas seulement pour la famille d'Emerson, mais pour toutes les familles des Têtes brûlées qui ne travaillaient « que » pendant la saison à risque.

– C'était juste de l'argent. On s'est débrouillées. Arrête de te focaliser sur les finances. Ça nous a coûté à tous bien plus que du fric, et tu le sais. Merde, à toi aussi. La ville a perdu ses héros, ses maris, ses fils, ses frères, ses amis…

– Tu crois que je ne le sais pas ? On a perdu nos pères !

Elle a hoché la tête avec un sourire triste.

– Oui. Donc, tu dois nous rappeler que tu es l'un d'eux. L'un de nous. Tu n'es pas juste un nouveau riche qui va se tirer après avoir signé le chèque. Tu es un des héritiers de l'équipe, un pompier fils de pompier, Bash. Si tu fais tout ça pour ton ego, t'es foutu. Mais si tu veux vraiment le faire pour eux – et au nom de nos pères –, alors tu peux y arriver. Comme je te connais, une seule chance te suffira amplement.

– Deux cafés, a dit Agnès en les poussant sur le comptoir.

– Sur mon ardoise ? Je ne voudrais pas être en retard, a dit Emerson.

– Pas de problème.

Agnès nous a regardés tour à tour, puis s'est éloignée avec un sourire idiot.

– On se voit à l'intérieur, a dit Emerson en prenant les cafés.

– Emmy.

Je l'ai arrêtée en effleurant son bras. Elle a haussé les sourcils.

– Tu crois vraiment que c'est mon ego qui me pousse à faire ça ? C'est ça que tu penses de moi ?

Emerson a soupiré.

– Je n'aurais jamais assez de temps pour te dire tout ce que je pense de toi, Sebastian Vargas.

– Okay, c'était une question chargée, j'ai avoué. Mais qu'est-ce que tu penses, par rapport à l'équipe ? Dis-moi franchement.

Elle a penché la tête, ce qui l'a obligée à souffler à nouveau pour déloger sa frange.

– En tant que citoyenne de Legacy, je pense que ça rouvre la porte à un tas de problèmes qu'on avait mis derrière nous pour le bien de la ville. Pas seulement les finances ou les salaires, mais la perte qu'on a subie. Voir ses héros mourir, ce n'est pas seulement tragique… Ça nous fait nous sentir plus petits, diminués, plus vulnérables qu'avant.

– Et en tant que fille de Joseph Kendrick ?

Elle a aspiré entre ses dents.

– Je pense que si même une fraction de lui pouvait revivre de cette façon, ce serait…

Ses yeux se sont voilés de larmes, et elle a cligné plusieurs fois pour les retenir.

– Ce serait… énorme. Cette équipe, c'était leur vie, c'était notre famille, et même si ça me terrifie complètement – ce que tu fais, ce métier me terrifie – je sais aussi que c'est ce qu'ils auraient voulu.

– Précisément. Ce n'est pas pour mon ego. Si c'était le cas, j'aurais été directement au Service des forêts et je me serais installé n'importe où.

– Il faut juste que tu n'oublies pas qu'il n'y a qu'une seule personne au conseil qui ait aussi perdu quelqu'un ce jour-là. Ils ne voient pas les choses sous le même angle que toi. Si tu veux qu'ils approuvent, il va falloir que tu arrives à leur faire comprendre ta vision des choses.

– Tu veux bien m'aider ?

J'ai dû forcer les mots à sortir de ma gorge. Je détestais demander de l'aide, et encore moins à Emerson. Pas après ce que je lui avais fait subir.

Elle a secoué la tête.

– Je m'en vais. Dans trois semaines je serai partie, et absente pendant six mois. Je ne peux pas être la championne de ta cause… Ni rien d'autre, elle a ajouté dans un murmure.

Oh ! putain, ça m'a fait encore plus mal que je ne l'aurais imaginé. Elle était pourtant bien plus douce que ce que je méritais.

– Je ne te ferai pas de mal à nouveau, j'ai promis, en tendant une main vers elle.

Elle a reculé, loin de moi.

– Je sais, parce que je ne t'en donnerai pas l'occasion. Bash, ici tu es temporaire, tu n'es qu'un moment passager parce que c'est tout ce que tu as voulu être. Et oui, peut-être qu'on se désire mutuellement. Peut-être qu'on est toujours autant attirés l'un vers l'autre. Mais moi, je ne suis pas temporaire. Ici, c'est chez moi.

– C'est chez moi aussi.

– C'est ça… Eh bien, si tu te mets à le croire pour de bon, tu auras peut-être une chance de redémarrer l'équipe.

Elle m'a adressé un ferme hochement de tête avant de sortir du restaurant.

– Tu devrais te mettre en route si tu ne veux pas être en retard à la réunion du conseil, a dit Agnès en prenant mon assiette.

– Et toi, tu en penses quoi ? j'ai demandé.

Elle m'a regardé les yeux tout écarquillés, feignant l'innocence, et j'ai failli en rire.

– C'est ça… comme si t'avais rien entendu.

Agnès a haussé les épaules.

– Comme je l'ai dit à Knox, son papa serait très fier de l'homme qu'il est devenu, et ça vaut pour toi aussi. Est-ce que j'en perds mes cheveux quand l'un de vous est appelé ? Évidemment. Mais un héritage, c'est un héritage. Je pense qu'ils se sentiraient plus qu'honorés de voir leur équipe ressuscitée.

J'ai contrôlé ma respiration. Fait de mon mieux pour ne pas craquer. Depuis exactement sept jours que j'étais revenu, j'avais réussi à ne pas perdre les pédales, et je ne voulais pas lâcher maintenant.

– En ce qui concerne Emerson, a continué Agnès sans que je lui demande, tu l'as complètement brisée, et si elle se protège férocement derrière une armure aujourd'hui, c'est ta faute.

– Je sais, j'ai murmuré.

Elle n'avait abaissé ses défenses qu'une seule fois, lorsque j'avais réussi à la toucher.

– Non, tu ne sais pas. Tu es parti. Tu n'étais pas là pour voir l'année qui a suivi, quand elle arrivait à peine à garder la tête hors de l'eau, à attendre que tu réapparaisses, que tu reviennes. Tu ne l'as pas vue ces dernières années essayer de se trouver quelqu'un, quelqu'un qui pourrait prendre la place que tu avais laissée – que tu as abandonnée, bon sang. Il lui a fallu des années pour se remettre sur pied, et tu ne l'aides pas en venant ressasser le passé, même si tes intentions sont bonnes. Sois prudent. Cette équipe, ce n'est pas seulement ton héritage à toi, Sebastian – c'est le sien aussi. Et celui de Ryker, de Harper, de Knox… de tous ces gamins. Tu n'as pas le monopole du deuil, tu sais. Pas ici. Et je t'aime autant que mon Knox, mon gars, mais je n'hésiterai pas à te fesser jusqu'au sang si tu fais à nouveau du mal à cette petite. Tu y vas à fond, ou tu ne tentes *rien*. Pigé ?

Treize ans ou vingt-sept, c'était pareil – rien de tel que de se faire transpercer comme ça par la grand-mère de son meilleur ami.

– Oui, Madame.

J'ai jeté un autre billet de cent sur le comptoir.

– Sûrement pas, a-t-elle protesté.

Je me suis penché au-dessus du comptoir pour l'embrasser sur la joue.

– Alors mets-le sur l'ardoise d'Emerson. Elle boit assez de café pour dépenser ça en moins d'un mois.

– Ça, c'est vrai, a-t-elle dit en riant. Bon. Tu sais ce qui est si beau avec mon mur ?

Elle a indiqué le mur du fond d'un geste.

– Qu'il déborde d'amour ? j'ai répondu, utilisant la formule qu'elle employait toujours.

– Non, mon gars. Ce qui est beau, c'est ceux qui sont revenus pour regraver leurs noms. L'incendie a réduit la ville en cendres. On a tout perdu, ça tu le sais bien… Mais ce que tu oublies, c'est que la reconstruction n'était pas juste un remplacement. C'était aussi un nouveau départ. Les vieux péchés sont partis en flammes, mais l'amour, lui… il est revenu.

Elle avait raison. La plupart des noms gravés que je voyais de ma place étaient les mêmes, gravés à nouveau dans ce bois plus clair.

– Merci pour les pancakes. Je ferais mieux d'y aller.

– Tu es toujours le bienvenu ici, tu le sais bien.

J'avais la main sur la porte, prêt à pousser pour l'ouvrir, lorsqu'elle m'a rappelé.

– Sebastian, toi aussi tu as droit à un nouveau départ. Elle te l'offrira, mais il ne suffit pas que tu le veuilles, il va falloir que tu t'en saisisses.

J'ai acquiescé, incapable de répondre sans proférer soit un mensonge, soit une vérité trop profonde, et j'ai quitté le Pipelette.

Qu'est-ce qu'il fallait que je fasse, nom de Dieu ? Même quand j'étais en Californie, Emerson était comme un incendie dans mes veines. Elle hantait mes rêves, surgissait dans mes souvenirs quand je m'y attendais le moins. Je l'avais seulement quittée physiquement, six années entières n'avaient pas suffi à l'extirper de mon âme. Et elle était là, présente, plus formidable que jamais, si près que je pouvais la toucher. Dieu que je voulais la toucher. Non, pas juste la toucher – la posséder.

J'avais besoin de la posséder comme elle me possédait, elle.

Je voulais être celui qui la ferait sourire ou hausser un sourcil. Je voulais être celui qui embrasserait ses lèvres, qui la prendrait dans ses bras, qui l'entendrait hurler mon nom au cours d'ébats enflammés. Je désirais chaque molécule d'Emerson, et elle ne voulait rien de moi.

Comme la roue avait tourné.

– Prêt pour ta plus grande bataille ? m'a demandé Ryker devant les bureaux de l'hôtel de ville.

– Et pas qu'un peu, j'ai répondu en ouvrant la porte.

6

Emerson

– Nous avons Miles Ryan à 9 heures, suivi de Sebastian Vargas à 9 h 30…

– Je n'en reviens pas qu'il insiste. Une nouvelle équipe de Têtes brûlées ! Il n'y a aucune chance que ça passe. Aucune. Et quel manque de respect de sa part de penser qu'il peut se ramener comme ça ici…

Le maire a posé son café si violemment que le liquide a éclaboussé la table.

– Eh ben voilà, c'est parfait, tiens.

J'ai tendu la main vers les serviettes en papier dans le tiroir de son bureau, mais il a été plus rapide.

– C'est tout ce que je mérite à m'énerver comme ça, il a marmonné en essuyant son bureau. Je suis désolé, Emerson. Cette histoire me met à cran.

– Je vois bien, j'ai répondu tout bas, avant de finir l'ordre du jour.

Évidemment, il fallait que le rendez-vous avec Bash soit prévu juste après la délibération sur le budget des pompiers municipaux pour la nouvelle année fiscale. Un timing des plus ironiques.

– Bon, allez, quand faut y aller… Le maire s'est levé, tout en lissant sa cravate. Prête ?

Absolument pas.

– Allons-y, j'ai répondu avec un sourire forcé, prenant ma pile de dossiers avant de lui emboîter le pas.

– Mauvaise journée ? a demandé Greg en nous rejoignant à la sortie du bureau.

– Je te répondrai dans une heure, j'ai répondu.

Greg m'a poliment tiré ma chaise et je me suis assise, reconnaissante de ses gestes attentionnés.

– Merci.

Il s'est penché et a pressé mon épaule.

– Je sais que tout est compliqué à tous les niveaux, avec Vargas de retour, mais si tu as besoin de parler, sache que je suis là pour toi.

J'ai tourné la tête et on s'est retrouvés très près l'un de l'autre. Je n'ai pas bougé, suppliant mon corps de ressentir le besoin de sa bouche contre la mienne. Ses yeux bleus ont regardé mes lèvres.

– Pour tout ce que tu veux, a-t-il précisé.

Encore une seconde... j'ai pensé. Dans une seconde, sûrement, le désir allait m'envahir. *Attends...*

Et merde.

Rien. Pas même un picotement.

J'étais peut-être cassée.

– Je déclare la session ouverte, a dit le maire.

– Merci, j'ai dit à Greg, et il s'est assis à côté de moi avec un petit hochement de tête.

Miles est entré pile à l'heure et a pris place sur le podium. Trente-et-une minutes plus tard, le nouveau budget des pompiers de la ville était approuvé. C'était une énorme enveloppe pour une petite ville comme la nôtre, mais nous prenions les risques d'incendie très au sérieux. Ils avaient même ajouté le coût de la cérémonie à la mémoire des Têtes brûlées, prévue dans deux semaines, au budget du département. Papa n'aurait jamais accepté ça, mais il n'était plus là pour intervenir.

Pendant que Miles prenait congé, j'ai avalé un Tic Tac tout en jetant un œil à mes notes, puis j'ai ajouté une étoile aux tâches prioritaires.

La porte s'est refermée, et même si ça paraît cliché, j'aurais juré que j'avais senti sa présence avant même de le voir. L'énergie dans la pièce avait changé, et l'atmosphère était saturée de tension.

Lorsque j'ai levé les yeux, Bash était déjà en place sur le podium avec sa barbe de trois jours parfaite, superbe et imposant dans un costume impeccable. Cette fois-ci, il avait une cravate vert forêt. Elle mettait tellement en valeur ses yeux que j'ai eu un flash-back de la dernière fois où j'avais vu ce vert intense – lui au-dessus de moi, lisant le désir sur mon visage tandis qu'il me prenait avec ardeur.

Ça va ? m'avait-il demandé.

Oh ! oui, j'avais répondu. *Ne t'arrête pas.*

Jamais. On ne fait que commencer, chérie.

Puis il avait changé d'angle, et je n'avais pas su dire autre chose que « Oh ! oui ! », ou bien son nom le reste de la nuit.

À côté de moi, le maire a marmonné quelque chose, et j'ai cligné des yeux pour m'extraire de ce souvenir. Mais le désir s'était installé au fond de moi, et diffusait une chaleur plaisante dans tous mes membres. *Je ne suis pas cassée, finalement.*

Eh merde, apparemment ma libido niveau « contre le mur » ne se réveillait qu'à proximité de Bash.

Nos regards se sont croisés, et il a tressailli lorsque j'ai passé ma langue sur ma lèvre inférieure. J'avais envie de lui. Là, maintenant. Dans le bureau, dans le placard à balais, n'importe où du moment que c'était *tout de suite*.

– Très bien, monsieur Vargas, expliquez-nous votre plan mirifique, a dit le maire.

La porte s'est ouverte et Ryker est entré, mal coiffé mais vêtu d'un costume aussi bien taillé que celui de Bash.

– Je suis désolé de mon retard, s'est-il excusé, j'attendais quelqu'un à l'aéroport.

– Cette réunion est à huis clos, monsieur Anders.

– Oui Monsieur, bien sûr, a répondu Bash. Elle est limitée au conseil et à Legacy, LLC, dont monsieur Anders fait lui aussi partie.

Ryker s'est avancé et a distribué à chaque membre du conseil, moi y compris, une copie de la constitution de la société.

Il y a eu un bruissement de pages : tout le conseil cherchait la liste des noms concernés.

Bien joué, Bash.

Je lui ai adressé un sourire encourageant et il s'est visiblement détendu. J'ai hoché la tête.

– Et quand est-ce que votre troisième collaborateur va-t-il faire son apparition ? a demandé le maire.

– Tout de suite, Monsieur.

J'ai regardé à la porte et je n'ai pas pu retenir un immense sourire.

Harper n'allait jamais s'en remettre.

Knox Daniels est entré, encore en train de nouer sa cravate (qui ressemblait énormément à celle que Bash avait portée la semaine dernière). Ses cheveux châtains étaient coiffés à la va-vite, mettant en valeur le look soigné de Bash.

Il s'est assis avec Ryker et a regardé les membres du conseil un à un. Quand il est arrivé à moi, ses yeux ont scintillé et il m'a fait un petit signe de la main. Je le lui ai rendu, aussi enthousiaste que possible, en me retenant de sauter sur la table pour chanter *The Boys are Back in Town*.

Ensemble, ils avaient toujours été irrésistibles. Téméraires, un peu insolents, mais toujours, toujours de vraies forces de la nature. J'ai discrètement levé un pouce en l'air en direction de Bash et savouré son sourire.

– Monsieur Vargas, si vous êtes enfin prêt…

Bash s'est frotté le visage, puis il a posé ses deux mains sur le podium et pris le contrôle de la réunion. Bordel, ce qu'il était sexy.

Il a expliqué son plan destiné à une équipe de vingt Têtes brûlées. Qui allait demeurer un instrument fédéral, et appartenir à la ville seulement par son nom. La société Legacy, LLC allait financer l'équipe de A à Z, et avait déjà obtenu le soutien du Service des forêts.

– Alors pourquoi nous solliciter ? a demandé le maire, soutenu par les murmures des douze membres du conseil. Pourquoi ne pas simplement mettre sur pied une nouvelle équipe ailleurs ?

– Cette zone a besoin d'une équipe. En étant basés ici, nous pourrons réagir plus vite. C'est bien pour ça que l'équipe originale était située dans cette région, non ?

– Et pourquoi pas dans le comté voisin, ou celui d'après ? a demandé Mme Anderson.

J'ai ravalé une soudaine envie de la gifler, mais je me suis reprise à temps. Depuis quand j'étais dans le camp de Bash ? Est-ce que je voulais vraiment voir l'équipe reconstituée ? Voir les fils à la place de leurs pères morts ?

– Parce que ce n'est pas une nouvelle équipe.

Bash m'a regardée droit dans les yeux avant de continuer.

– Nous ressuscitons l'équipe que nous avons perdue. Avec quelques petits changements en termes de budget et d'entraînement, mais c'est la même équipe.

– Absolument pas.

– Ridicule.

– Vous n'avez aucun respect.

Les réactions n'étaient ni modérées ni sympathiques, et chacune d'entre elles m'a fait l'effet d'un coup de poing. J'ai dévisagé les membres du conseil l'un après l'autre, tous tellement certains que leur opinion était la bonne, tous se comportant comme si cette réunion était une attaque personnelle dont ils ne se remettraient jamais.

Un sentiment désagréable alourdissait mon ventre. Tout d'un coup, je ne voyais plus le conseil comme les citoyens qui avaient minutieusement reconstruit la ville. Mais comme une bande de couillons suffisants qui éructaient des conneries du genre « trop jeunes » et « pire idée du siècle ».

– Je comprends ce que vous ressentez, mais pensez au bien que ça pourrait faire – un moyen de guérir notre ville, de vraiment achever sa reconstruction.

Bash avait conservé un ton calme, mais ses poings serrés montraient bien qu'il ne l'était pas du tout. Ryker et Knox avaient l'air de ressentir la même chose que moi – dégoûtés, pas par les sentiments du conseil, mais par la manière dont ils attaquaient Bash.

– Vous n'avez pas idée de ce que ça risquerait de nous faire ! s'est écrié M. Henry, dont le visage d'ordinaire pâle était tout rouge.

De leur faire ?

De *leur* faire !

– Assez ! j'ai crié, et le silence fut soudain assourdissant, sans doute parce que le conseil était choqué.

– Emerson ?

Le maire me regardait comme si j'avais perdu l'esprit.

– « Vous n'avez pas idée de ce que ça risquerait de nous faire ? » C'est bien ce que vous venez de dire à monsieur Vargas ? j'ai demandé à M. Henry – officiellement, sachant que le sténographe prenait note de tout.

– Il ne prend pas en compte la totalité de la situation, il s'est défendu en se redressant sur son siège.

– Croyez-vous vraiment que la perte de votre maison et la reconstruction de votre banque aient été les plus grandes tragédies de ce jour-là ? j'ai demandé.

Il a levé les yeux au ciel.

– Ma petite…

– Oh non, je ne vous permets pas ! Je suis une femme adulte, je paie mes impôts et j'ai un diplôme pour l'obtention duquel je me suis démenée. J'ai participé à la reconstruction de cette ville et n'ai jamais cessé de lutter pour ça. Je ne vous permets pas de me rabaisser à cause de mon genre ni de faire comme si je ne savais pas de quoi je parle.

Il a ouvert la bouche, puis l'a refermée.

J'ai croisé le regard de chaque membre du conseil, un à un.

– Chacun de vous a perdu quelque chose ce jour-là. Chacun de vous a dû fuir l'incendie, comme nous. Chacun de vous a reconstruit sa maison, son commerce, son entreprise, sa vie. Mais prenez le temps de regarder Sebastian, Knox, Ryker… et moi. Nous avons tous perdu quelque chose qui dépasse l'entendement, et je vous mets au défi de nous demander encore une fois si nous savons ce que ça risque de vous coûter, à vous. Vous pouvez remettre en question son projet, le coût financier, les impacts sur la ville, mais quand il s'agit du prix personnel à payer… *nous* avons déjà payé l'addition. Pas vous. Et si nous sommes quatre, aujourd'hui, à vous demander d'envisager cette possibilité, vous pouvez au moins vous donner la peine d'écouter avec respect.

– Miss Kendrick, a dit le maire sur un ton réprobateur.

Je ne lui ai pas répondu. Je ne risquais pas de faire marche arrière maintenant.

– Peut-être qu'au lieu de nous dire pourquoi on ne peut pas, vous pourriez nous présenter vos conditions…, a suggéré Bash.

L'attention s'est tournée vers lui. Le souffle m'a manqué : son regard était purement meurtrier, dirigé vers ces gens qu'il devrait sauver du feu.

– Je ne vous demande pas votre permission. Si vous n'êtes pas d'accord, je retirerai la demande d'inclusion de mon terrain dans les limites de la commune. Vous perdrez les impôts locaux afférents. Le Service des forêts a déjà donné son accord pour chapeauter la nouvelle équipe. Je n'ai pas. Besoin. De vous. Ni de votre compréhension, a-t-il ajouté en direction de M. Henry. Mon père est mort sur cette montagne en compagnie de ses dix-sept meilleurs amis. Il est mort en protégeant cette ville, et ce qu'ils ont accompli vous a donné le temps de vous mettre à l'abri. Si je suis ici, c'est seulement par respect pour ses volontés et celles de ses frères et sœurs qui gisent avec lui au cimetière Aspen. Ne prenez pas ma courtoisie pour de la faiblesse. J'aimerais obtenir le nom de Legacy, mais je n'en ai pas besoin, et je n'ai pas besoin de vous.

Bash se tenait droit, inflexible, dans le silence qui régnait. Il a dévisagé un à un les membres du conseil sans jamais croiser mon regard.

– Qu'est-ce qu'il vous faut ? a demandé Knox, debout à côté de Bash. Si nous, qui avons perdu le plus ce jour-là, nous sommes capables de choisir de défendre à nouveau la ville au nom de nos parents, vous pouvez bien nous indiquer le chemin à prendre.

Il s'est adressé directement à M. Henry.

– C’est le moins que vous puissiez faire, puisque vous avez été le premier à être évacué.

M. Henry s’est affaissé sur sa chaise.

– Mais imaginez un peu les journaux, les critiques, si on permet la réinstallation d’une équipe similaire, a dit Mme Anderson, parlant tout bas.

– Imaginez les journaux si on s’établit sous un autre nom parce que notre ville refuse d’honorer les héros qui l’ont sauvée, a argumenté Ryker, qui flanquait Bash de l’autre côté.

– Il y aura une équipe de Têtes brûlées sur cette montagne, a dit Bash d’un ton définitif. Vous pouvez être soit dans le bon camp, soit dans le mauvais. À vous de choisir.

Les membres du conseil se sont mis à discuter entre eux, couvrant leurs micros de la main.

Bash m’a regardée enfin, et tout le reste s’est évanoui. Nous n’étions plus que tous les deux dans la pièce, liés par une connexion presque palpable que même le temps ne pouvait défaire. Son visage était un masque impassible, toujours très contrôlé, mais ses yeux… Ils me brûlaient, me fascinaient, m’intoxiquaient. Son regard semblait quelque peu étonné, mais surtout débordant d’un désir tel que mon cœur en a sursauté – et mon propre besoin, indéniable, a pulsé entre mes cuisses.

Le feu et l’essence.

Oh ! j'avais une telle envie de prendre feu !

Greg a soupiré lourdement à côté de moi, revenant s'asseoir après avoir parlé au maire.

– C'est pour ça que tu ne veux pas sortir avec moi, a-t-il dit avec un petit rire jaune.

– Quoi ?

Je me suis tournée vers lui.

– On n'est pas ensemble. Plus depuis… des années, j'ai dit.

– Mais son existence t'empêche d'essayer, a-t-il répondu doucement, sans colère ni malice, simplement compréhensif… parce que c'était Greg.

J'ai à nouveau tourné les yeux vers Bash. Son regard suspicieux oscillait entre Greg et moi, alors que Ryker et Knox étaient en train de lui parler.

– C'est Bash, j'ai admis tout bas, pas seulement à Greg mais à moi-même aussi.

– Il ne restera pas, a répondu Greg sur le ton le plus doux que je puisse imaginer.

J'ai essayé de sourire.

– Je sais, j'ai dit, mes yeux rivés à l'homme que je souhaitais à mon côté. Mais qu'il soit là ou non n'a pas d'importance, ce sera toujours lui. Ce sera toujours Bash.

Comme si cette déclaration m'avait libérée, je me suis immédiatement sentie soulagée… mais triste aussi : soulagée parce que je savais enfin que je n'avais pas été une ado idiote – j'avais simplement rencontré mon âme sœur très tôt. Triste, parce que quels que soient mes sentiments, Bash ne serait jamais à moi, pas complètement.

Mes mains en tremblaient, comme si mon corps ne pouvait pas absorber ces nouvelles certitudes, et Greg a posé sa main sur la mienne pour la serrer gentiment.

– Okay.

– Merci, je lui ai dit, consciente que je fermais définitivement la porte à une histoire qui aurait pu me convenir parfaitement avec le temps, une histoire tout à fait confortable, tout à fait… charmante.

Ce que j'avais avec Bash n'était pas charmant, loin de là. C'était compliqué, pénible, imparfait – c'était *nous*.

– Eh bien, messieurs, a dit le maire en reprenant sa place, les membres du conseil se rasseyant aussi. Je crois que nous avons une solution.

Les trois Têtes brûlées se sont raidies, tendues, attendant le verdict.

– Alors ?

– Tous les quatre, vous nous avez impressionnés aujourd'hui en défendant ainsi votre héritage. Nous ne sommes pas insensibles à cette démonstration, encore moins lorsqu'elle provient d'un quart des enfants survivants de l'équipe d'origine, et que trois d'entre vous sont prêts à former une nouvelle équipe, prêts à remplacer leurs pères.

Bash s'est crispé, et je savais pourquoi : il n'avait pas l'intention de remplacer son père. Pas ici. Ici, c'était trop. Il voulait faire honneur à son père, mais ne voulait pas porter le même écusson.

– Nous pensons que la décision doit revenir aux héritiers. Nous avons fait l'erreur de parler en leur nom – en votre nom –, et ce n'est pas notre place. Nous ne referons pas le même faux pas. Vous prévoyez une équipe de vingt pompiers d'élite ?

Bash a froncé les sourcils.

– C'est prévu, oui, mais on peut fonctionner dans les règles avec dix-huit membres.

– La moitié au moins.

– Soixante pour cent, a interrompu M. Henry.

Le maire Davis a soupiré, mais les membres du conseil qui acquiesçaient étaient trop nombreux pour qu'il objecte.

– D'accord. Soixante pour cent au moins de votre équipe doivent donner son accord…

– Parfait, a dit Knox.

– … en devenant membre de l'équipe. Si vous voulez un groupe de Têtes brûlées héritières de Legacy, il faut que l'équipe soit composée d'héritiers.

Bash a crispé sa mâchoire et les deux autres ont secoué la tête.

– Ce n'est pas faisable.

– Emerson ? m'a demandé le maire.

– Non ! s'est écrié Bash.

– C'est bon, j'ai expliqué, il me demande seulement de parler des chiffres.

Bash a reculé d'un pas, sans se détendre d'un pouce. On aurait dit un ressort comprimé, prêt à exploser en direction du premier venu.

– Il y a vingt et un enfants héritiers, j'ai commencé, comptant mentalement. Si vous avez une équipe de dix-neuf, il vous faut douze d'entre eux dans l'équipe. Onze avec une équipe de dix-huit personnes.

Bash a secoué la tête.

– Ce n'est pas juste.

– Ce sont nos conditions. Vous ne pouvez le faire qu'en bénéficiant du soutien irréfutable des héritiers.

– Pour que vous ayez vos couvertures parfaites dans les journaux, a craché Knox, mais Bash l'a retenu d'un geste de la main.

– Seuls dix-sept d'entre nous ont l'âge légal minimum, j'ai argumenté. Damien Lee est le dix-huitième dans l'ordre, il a juste dix-sept ans… et j'espère que vous n'attendez pas que la petite Violet Carpenter s'engage, du haut de ses neuf ans ? Elle n'a même pas connu son père.

– Vous nous avez demandé nos conditions, a dit le maire après avoir grimacé en m'écoutant. Les voici.

– Combien de temps avons-nous pour obtenir les accords ? a demandé Bash.

Je voyais déjà les mécanismes tourner dans son cerveau de génie.

– Je pense que la cérémonie serait une date adéquate, a dit M. Henry.

Deux semaines. Quel gros con.

– C'est ridicule. J'ai une équipe parfaitement formée déjà prête à prendre son poste.

– Vous ne pourrez pas acheter cela avec votre argent, Sebastian, a rétorqué M. Henry. Vous voulez que la ville rouvre cette blessure ? Qu'elle saigne à nouveau ? Alors on verra bien de quoi vous êtes faits.

J'ai ça dans le sang.

Les autres… Ils étaient si nombreux à être déjà pompiers, eux aussi.

J'ai tourné la page dans mon carnet et commencé à écrire. Indy était dans une équipe au Montana, la seule fille d'ailleurs. Les frères Maldonado… Lawson… ça ferait sept… Braxton n'était pas Tête brûlée mais il était pompier quand même, à Chicago… Sa sœur, en revanche, était encore si jeune…

Bash m'a interrogée du regard et j'ai discrètement haussé les épaules. C'était faisable, tout juste.

– Eh bien, nous avons suffisamment abusé de votre temps, a dit Bash au conseil. Je crois apercevoir Mme Greevy qui attend, elle a des choses à dire au sujet d'un certain panneau Stop…

Un grognement m'a échappé.

Bash est sorti, suivi de Knox et Ryker… sans un regard en arrière. Sa nonchalance commençait à me taper sur le système.

Dès que la porte s'est refermée, tout le monde s'est mis à discutailler. Ils faisaient feu de tout bois – la légitimité d'une telle équipe, est-ce que la ville en avait même besoin, est-ce que le financement était légal, comment la ville allait réagir dans l'éventualité d'une nouvelle tragédie… et bien sûr, l'insolence de cette nouvelle génération.

Plus je restais assise à les écouter, plus ça me rendait malade. Jusqu'à ce que je ne puisse plus supporter de me taire. Je me suis levée, remarquablement calme vu l'agitation que je ressentais, et j'ai repoussé ma chaise sous le bureau. Puis j'ai placé mes papiers – sauf mes listes – devant le maire.

– Que se passe-t-il ? m'a-t-il demandé, l'air troublé.

– Je démissionne, j'ai prononcé clairement sans aucune hésitation.

– Tu… quoi ? a-t-il bredouillé. Tu ne peux pas faire ça. La ville a besoin de toi.

– La ville. Bien sûr. J'ai passé les dix dernières années de ma vie à aider la ville, et je vais continuer. Je suis une fille de Legacy jusque dans mes os. Et bien que je vous félicite pour votre dévouement, vous n'avez fait que parler de la ville, de la presse, des finances.

– Prendre soin de Legacy est notre devoir, a dit Mme Anderson.

– Nous sommes une petite ville, Mme Anderson. On se bat pour tout ce qu'on a, et on en est fiers. Mais l'un des avantages d'une petite ville, c'est qu'on n'est pas en poste juste au service d'une entité administrative, mais au service *des gens*. Quand vous parlez de l'école, on sait bien qu'il s'agit de M. Hartwell, avec qui vous avez grandi. Et c'est pareil quand on parle des places de parking devant le Pipelette : on parle d'Agnès, et pas seulement de la circulation dans le centre-ville. Nous ne sommes pas des inconnus, et Sebastian non plus. Vous avez connu nos pères, vous les avez aimés. Ce n'est pas juste une question pour la commune, c'est extrêmement personnel et, parce que ça touche à ma famille, je ne peux plus travailler pour vous. C'est hors de question. Je vous présente donc ma démission.

J'ai tourné les talons et je me suis concentrée pour ne pas gâcher ma sortie en trébuchant. Greg m'a fait un grand sourire et a hoché la tête, encourageant, quand je suis passée devant lui.

– Si tu passes la porte, la ville ne paiera pas pour t'envoyer à Londres, m'a menacée le maire.

Mon estomac a fait le grand huit, mais cet avertissement n'a servi à rien d'autre qu'à renforcer ma décision.

– Quand je passerai la porte, je n'aurai plus besoin d'un stage à Londres pour apprendre la gestion municipale. Vous gérerez vous-même, sans les jeunes insolents de ma génération.

J'ai ravalé mon chagrin de perdre ainsi un bout de mon rêve, et j'ai franchi le seuil.

Il n'y avait qu'un seul endroit où j'avais envie d'être, et ce n'était certainement pas en compagnie de cette assemblée de vieux coincés.

7

Bash

Paf ! Paf ! Paf ! Le bruit de mes coups résonnait entre les murs du gymnase au sous-sol de la Cabane. *Et merde, son surnom m'est resté.*

Je mettais tout mon poids dans chaque coup de poing, envoyant valser le sac de frappe de trente kilos avant de le cogner à nouveau, encore et encore.

Qu'ils aillent se faire foutre avec leurs conditions. Je n'avais besoin ni d'eux ni de l'approbation de la ville. Ces terres m'appartenaient – la zone même où ils étaient morts – et je pouvais en faire exactement ce que je voulais, nom de Dieu. J'aurais même pu être propriétaire de la moitié de cette putain de ville, si j'avais demandé à me faire rembourser tous les prêts que j'avais accordés, exigé toutes les faveurs dues en échange de mes donations.

Je n'avais pas besoin d'eux.

C'étaient eux tous qui avaient besoin de moi, merde.

Tous, sauf une. Emerson.

Mon poing s'est abattu contre le sac une dernière fois ; j'essayais d'évacuer toute ma rage, toute ma frustration, mais rien n'y faisait. Le sac valsait dans tous les sens depuis une demi-heure, j'étais couvert de sueur, et je n'avais pas épuisé mes réserves de colère.

– T'es enfin prêt à en parler ou pas ? a demandé Knox dans l'encadrement de la porte, calme, lui, comme toujours.

– Non.

Il a levé les yeux au ciel.

– Ça change rien de taper ce sac, Bash. Je propose qu'on aille boire puis tirer un coup.

– De un, j'ai dit en frappant à nouveau, il est à peine midi.

– Wicked ouvre à onze heures, a-t-il rétorqué, faisant tournoyer ses clés de bagnole.

– Et de deux, m'envoyer en l'air, c'est bien le dernier truc qu'il me faut.

– Parle à mon cul, a dit Knox.

Quel idiot.

J'ai retenu le sac et je l'ai dévisagé, sceptique.

– Admettons. Disons plutôt que le dernier truc qu'il me faut, c'est un coup d'un soir dans cette ville alors que je vais me barrer dès que j'en aurai fini avec ce fiasco.

– Mais oui, bien sûr… Parce que c'est ça qui se passerait, un coup d'un soir, au hasard. Nom de Dieu, frérot. Ça fait à peine quatre heures que je suis là et j'avais quasiment besoin de ma combinaison ignifugée à vous voir vous dévorer du regard pendant la réunion.

– Ne parle pas de ça, j'ai dit, un doigt tendu vers lui. C'est pas le moment.

– De quoi ? De l'évidence ? J'ai un truc à ajouter : de trois, tu ne veux pas d'un coup d'un soir, parce que tu t'accroches à l'espoir que la seule chose que t'aies jamais foutu en l'air va te pardonner.

– Qu'est-ce que ça peut bien lui faire avec qui je couche ? j'ai rétorqué, en recommençant à cogner le sac.

– Qu'est-ce que ça peut bien te faire si Greg Roberts couche avec elle ?

Mon poing a frôlé le côté du sac et j'ai trébuché avant de me rattraper contre lui.

– Il ne couche pas avec elle.

– T'en es vraiment sûr ?

Il s'est approché pour tenir le sac.

– Je l'ai vu poser une main sur la sienne, ce matin. Il vit ici, lui. Il pourrait la sauter. L'épouser. Lui donner une maison pleine de gamins de Legacy qui iraient au jardin d'enfants de Harper et qui feraient des pique-niques et tout.

Au diable le sac de frappe, c'était la gueule de Knox qui allait tout prendre.

– Elle couche pas avec lui, arrête de parler de ça.

– Pousse pas le bouchon, Knox, a prévenu Ryker qui arrivait.

Knox, comme d'habitude, ne voulait rien entendre.

– Et comment tu le saurais, hein ? T'es là que depuis une semaine. Si ça se trouve, elle est en train de le baiser à l'instant où on parle, a-t-il insisté.

– Je le sais parce que je sais lire dans ses yeux quand elle veut quelqu'un, pauvre con.

– Et c'est toi qu'elle veut ?

– Knox… a grogné Ryker.

– Oui ! j'ai crié. Rien n'a changé entre nous. Six ans, putain, et c'est toujours là. Si ce que tu veux savoir c'est si je la veux, si elle me veut, alors ma réponse est oui, oui, sauf que maintenant je suis adulte. Je n'ai pas le droit de passer la nuit avec elle et de me tirer comme je l'ai fait quand j'étais jeune et con.

– C'est ça, ouais, a-t-il acquiescé d'un ton sarcastique. Parce que t'as mûri.

– Knox, t'es un de mes meilleurs potes, mais je vais te casser la gueule.

Mon ton était menaçant. Je le pensais vraiment. Personne n'avait le droit de remettre en question ce qu'il y avait entre Emerson et moi. Jamais.

Ryker a reculé d'un pas. Knox, au contraire, s'est approché.

– C'est vrai qu'elle est belle, mec. Évidemment, elle l'a toujours été. Je l'ai vue grandir ces dernières années, parce que j'étais là, moi, plus souvent que… jamais.

– Knox.

C'était moi qui grognais, maintenant.

– Comment tu crois qu'elle s'est taillée en secret de la maison de ta mère, quand tu l'as abandonnée dans ton lit ? C'est moi qu'elle a appelé. Et son premier copain, un an environ après ton départ ? Quand elle s'est retrouvée seule à cette fête à Gunnison alors que j'étais en ville pour le 4 juillet ? C'est moi qu'elle a appelé. Elle venait de rompre avec son premier mec post-Bash, elle était en larmes, pas parce qu'elle avait couché avec lui…

Toute ma rage a atteint un nouveau niveau ; mes muscles se sont bandés.

– … Mais parce qu'il n'était pas TOI, a-t-il terminé.

– Je savais, pour ce type, j'ai dit d'une voix calme, mon ton égal.

Knox a jeté un coup d'œil à Ryker, qui a hoché la tête.

– C'est bien. Parce que t'es comme un frère pour moi, mais ce que tu lui as fait ? Merde, est-ce que tu t'es retourné une seule fois avant de fourrer ta queue dans tout ce qui bougeait en Californie ? Elle méritait largement mieux que toi, mec. Elle mérite mieux, encore aujourd'hui.

J'ai frappé.

Knox s'est effondré du haut de son mètre quatre-vingts, son corps claquant sur le tapis du gymnase.

– Et merde, a soupiré Ryker en s'approchant de moi, sans doute pour nous séparer si je me jetais sur Knox pour lui casser la gueule.

La rage me brûlait les entrailles, ondulait sous ma peau, cherchait par où s'échapper.

– J'ai même pas touché une autre nana pendant un an, connard. Comment j'aurais pu ? Je ne voyais qu'elle, je ne pensais qu'à elle, je ne respirais qu'elle. Elle était mon putain d'oxygène, et tout d'un coup Ryker se pointe dans mon équipe et me dit qu'elle se tape un idiot à la fac. Elle avait tourné la page, alors j'ai fait pareil.

– C'est toi qui l'as quittée ! Tu lui as brisé le cœur. Tu n'as pas le droit de juger qui elle choisit de se taper parce que tu l'avais dans tes bras, putain, et tu l'as jetée comme une rock star jette une groupie usagée.

Knox me criait dessus, toujours allongé mais redressé sur ses coudes.

– Tu crois que je le sais pas ? j'ai hurlé. Tu crois que je regrette pas cette décision tous les jours, putain ? Je donnerais n'importe quoi pour retourner à ce moment-là, pour pas décrocher ce coup de fil qui m'a dit que j'étais pris dans l'équipe, pour lui dire la vérité, pour nous donner une chance. C'est la plus grosse erreur de toute ma vie, merde, et c'est pas facile d'être ici, dans la même ville qu'elle et que n'importe quel autre type qu'elle pourrait… J'ai secoué la tête ; je ne pouvais pas terminer ma phrase.

– T'en fais du bruit quand t'es furax, m'a dit Knox, ricanant. Est-ce que ton bureau est aussi insonorisé que tu le dis ?

– Mais de quoi tu parles ?

Je l'avais peut-être frappé trop fort.

– Oui, il est insonorisé.

– Parfait.

J'ai regardé Ryker. Je ne comprenais pas. Il a pris un air blasé.

– Il essaie de te faire comprendre qu'Emerson est à l'étage, dans ton bureau.

– Quoi ? j'ai rugi à l'intention de Knox.

– Elle est arrivée il y a cinq minutes, a-t-il dit en se relevant.

Puis il a attrapé mon épaule.

– Je voulais juste te rappeler que tu l'aimes toujours, pour éviter que tu foutes tout en l'air en deux secondes, une fois de plus.

Je ne savais même pas quoi dire.

– Ouais, c'est bien ce que je pensais, a-t-il dit en riant. Allez, à la douche, tu pues. Et pendant que tu te tortures en pensant que tu ne peux pas être avec Emerson, souviens-toi bien que rejoindre ton équipe en Californie, c'est pas faire honneur à ton père, c'est fuir ta maison, comme quand t'étais ado. T'enfuir de chez nous, où *notre* équipe est menacée. Sur ce, Ryker et moi, on va aller déjeuner avec Harper.

– Autrement dit, on te laisse seul avec Emerson, Ryker a ajouté en sortant.

Emerson était là. Okaaaay. En ce moment.

J'ai pris une douche rapidos, enfilé un short propre (et rien d'autre) avant de m'élancer à l'étage. Je l'ai tout de suite vue derrière la vitre de mon bureau au coin du bâtiment : elle contemplait la vallée en dessous, ce territoire pour lequel nous nous étions tant battus.

Elle était tellement belle, sa silhouette se découpait sur le paysage montagneux, ses courbes face aux pics rocheux. Elle était tout ce qu'il y avait de juste et de bon ici – chez moi, où je ne pouvais pas rester…

Il fallait qu'elle s'en aille.

– Tu ne devrais pas être là, j'ai dit en poussant la porte vitrée.

Elle s'est retournée.

– Eh bien, le bonjour à toi aussi…

Sa bouche s'est ouverte sous la surprise pendant que son regard me détaillait, torse nu, de la tête aux pieds. Merde. J'aurais dû m'habiller un peu plus.

– Je suis sérieux, Emerson, tu ne devrais pas être là. Pas maintenant.

– Pourquoi ?

Oh ! non, sa voix était rauque, et est-ce que… Oui, merde, sa langue traçait sa lèvre inférieure. Tout le sang de mon corps s'est concentré… dans mon autre jambe, qui a immédiatement commencé à se réveiller.

Je me suis déplacé pour que le bureau nous sépare, en espérant qu'elle ne remarque rien.

– Parce que je ne suis pas d'humeur à recevoir là, maintenant.

– Tu ne m'as jamais menti. Ne commence pas aujourd'hui, a-t-elle redit, comme dans la voiture.

– Tu veux la vérité ?

– Oui.

Elle s'est rapprochée, s'arrêtant au coin du bureau.

– Je n'ai jamais rien voulu d'autre de ta part, a-t-elle ajouté, puis elle a secoué la tête et sa frange lui est tombée dans les yeux. Non, faux, je voulais bien plus que ça de ta part, mais je me contenterai de la vérité.

Tout en parlant, elle a dégagé sa frange d'une main.

– Et qu'est-ce que tu veux d'autre ?

Pourquoi tu te tortures comme ça, pauvre nul ?

– Je voudrais que tu restes, mais je sais bien que tu ne vas pas le faire.

C'était si simple, bon Dieu. Et si incroyablement compliqué. Mon cœur battait tellement fort dans ma poitrine. Knox avait raison. Je l'aimais toujours. Je n'avais jamais cessé de l'aimer.

– Et toi, Bash, qu'est-ce que tu veux ? m'a-t-elle demandé, en me regardant les paupières à demi baissées avec ses longs cils, ses yeux bruns honnêtes, patients et tellement sexy.

– Que tu t'en ailles. Tout de suite.

La fille que j'avais aimée aurait reculé, blessée. La femme pour qui je perdais les pédales encore plus aujourd'hui n'a fait que hausser un sourcil.

– Non. Pas avant que tu m'aies dit la vérité.

– Je t'ai abandonnée. J'ai choisi de rejoindre l'équipe en Californie parce qu'ils voulaient bien prendre une jeune tête brûlée sans expérience, et je l'ai fait en sachant que le prix à payer, c'était toi. Que tu n'accepterais jamais de venir avec moi.

– C'est vrai.

– Et au lieu de te poser la question, je t'ai abandonnée alors que tu dormais, toute nue, toute douce, enveloppée dans mes draps avec mon odeur dans mon lit.

– C'est vrai.

Des images se succédaient dans mon esprit, ses yeux pleins de confiance quand je l'avais pénétrée pour la première fois, prenant possession de son corps comme elle avait pris possession de mon cœur. La sensation de sa peau sous mes doigts, si douce. Le sentiment d'être enfin entier, complètement satisfait, en la regardant jouir entre mes bras, comme si elle avait été ma récompense pour avoir attendu sa majorité.

L'indifférence face à tous les autres coups d'un soir depuis.

– Je me suis tapé d'autres meufs.

Elle n'a pas tremblé.

– Je me suis tapé d'autres mecs.

Je n'ai pas pu retenir un grognement féroce.

– J'en suis bien conscient.

– Est-ce que tu me caches un autre secret, Bash ? Ou bien c'est tout ce qu'il y a ? Tu es marié ?

– Non.

– Et comment je sais que tu ne mens pas ? a-t-elle demandé, taquine, en jetant un coup d'œil à mes mains qui agrippaient le bord du bureau pour ne pas attraper ses hanches.

Elle n'avait vraiment pas idée d'à quel point je me retenais de la prendre là, maintenant, de relever sa petite robe sur ses cuisses et de lui retirer sa culotte. Si elle avait su, elle serait partie en courant.

Une nuit avec elle ne m'avait pas suffi. Une vie entière ne me suffirait pas.

Et ce genre de pensée ne m'aidait pas à débander.

– Comment puis-je être sûre que tu n'es pas marié ? Tu as peut-être fait des promesses à une autre.

Conscient de chacun de mes gestes, j'ai tendu une main avec précaution pour la poser sur sa nuque, pour l'attirer plus près, assez près pour sentir la menthe dans son haleine.

– Et toi, tu es mariée ?

– Non, a-t-elle dit, tu le sais bien.

– C'est pour ça que je ne suis pas marié.

Elle a froncé les sourcils, perplexe.

– Tu attends que je le fasse en premier ?

– Non. Il n'y a qu'une seule femme avec qui je pourrais m'engager pour la vie entière, et comme apparemment elle ne l'est pas avec moi, il est donc impossible que je sois marié.

Ses lèvres se sont entrouvertes et elle s'est détendue complètement. Putain. Elle était faite de courbes irrésistibles, d'un cerveau irrésistible et d'un brasier irrésistible. Ma détermination m'abandonnait.

– Chérie, il faut que tu t'en ailles.

– Pourquoi ? m'a-t-elle redemandé.

Elle voulait la vérité ? Très bien, j'allais la lui donner.

– Parce que je suis tellement furieux après la réunion de ce matin, et je n'aimerais rien tant que d'évacuer ma colère en tirant un bon coup – or, je ne peux pas te toucher. Pas après ta façon de me défendre devant le conseil. Tu as pris un risque pour moi, pour tout ça… j'ai dit en balayant la pièce du regard. Et même si j'ai terriblement envie de toi, il faut que tu partes.

Nom de Dieu, elle a contourné le coin du bureau pour me répondre, et – merde – elle a remarqué mon érection… difficile à cacher, puis croisé mon regard, ses joues délicates rougissant un peu.

– Je ne veux pas m'en aller.

– Est-ce que tu comprends ce que je te dis, Emerson ? Je veux te baiser. Là, maintenant. Je veux glisser mes mains le long de tes cuisses et te caresser jusqu'à ce que tu hurles mon nom. Puis je veux te voir jouir encore et encore quand je serai tout en toi, profondément, comme si je faisais partie de toi.

Ses yeux se sont voilés de désir. Je sentais sa respiration haletante contre ma bouche.

– Je comprends bien.

Cette femme allait me tuer.

– Si tu restes, je te prends. Rien ne m'arrêtera. Pas de pitié. Que je parte ou non.

– J'ai une question.

– Pose-la, j'ai dit brusquement.

C'était ridicule. Je n'aurais même pas dû contempler la possibilité de la toucher, et encore moins le formuler à voix haute.

– Ce désir pour moi… Est-ce que c'est à cause de ce qui s'est passé ce matin ?

Quoi ?

– Non.

Je me suis penché, nos fronts se touchaient presque.

– C'est pas une question de désir entre nous, ce n'est jamais que ça. Le désir, ça s'ignore comme une envie de sucreries. Toi, tu es un besoin, comme l'oxygène. Et même si mon self-control n'est pas au top à cause de ce matin, ça n'a rien à voir avec mon besoin de toi. Il n'a pas changé depuis l'instant où j'ai quitté mon lit, il y a six ans. C'est un besoin que je n'ai jamais pu assouvir, et t'avoir ici alors que j'ai encore le goût de notre baiser dans la bouche, ça me tue. Donc… tu peux rester et me laisser te respirer comme de l'oxygène, ou tu peux t'en aller et nous sauver tous les deux de la fin inévitable qu'on connaît déjà.

Ses doigts ont effleuré mes bras, une caresse légère comme la plume, remontant jusqu'à ce qu'elle pose sa main sur ma joue.

– Je reste.

Ces deux mots d'elle ont suffi à sceller mon sort.

8

Emerson

– Je reste, j'ai murmuré.

– Chérie… a-t-il dit d'un ton suppliant, fermant les yeux, conservant ce contrôle que je voulais désespérément le voir abandonner.

– Je sais que tu t'en vas. Je ne te demande pas de rester. En fait, je préfère t'avoir même un court instant que ne pas t'avoir du tout.

J'ai mis mon cœur à nu, priant pour qu'il ne le détruise pas.

– Bash ?

La couleur de ses yeux, quand il les a ouverts, était d'un vert si intense… Mon cœur s'est senti pousser des ailes, s'est débattu, a exigé de quitter la cage où je l'avais enfermé six ans auparavant.

– Touche-moi.

Il a gémi et s'est jeté sur moi en s'emparant de ma bouche avec une envie charnelle sauvage. Sa langue explorait la mienne à un rythme assidu – comme les coups de reins qu'il allait me donner, sans doute – tandis que ses mains saisissaient mes fesses. J'ai senti qu'on pivotait, le monde est devenu flou autour de nous et soudain mon dos était plaqué contre le mur ; j'ai entouré sa taille de mes jambes et senti contre moi l'érection si raide que je lui avais inspirée. Il a pris mon visage entre ses mains pour m'embrasser plus fort, plus profondément.

J'ai pressé mon bassin contre lui pour apaiser les palpitations lancinantes qui me torturaient. Elles ne s'arrêtaient pas depuis qu'il était revenu, comme si mon corps se souvenait précisément de quoi Bash était capable, et s'était préparé, disponible, prêt à l'accueillir dès qu'il le voudrait.

Maintenant, c'était moi qui le voulais.

Me soutenant contre le mur, il a caressé ma cuisse tout en remontant ma robe. Dieu merci, je n'avais pas mis de collant. Sa bouche a glissé pour m'embrasser le cou, a trouvé le point sensible sous mon menton qui me rendait instantanément humide, et dans le même instant a effleuré la dentelle de ma culotte.

Un point pour le choix de la lingerie du jour.

– Putain, chérie, tu es trempée, a-t-il dit dans un gémissement, et un frisson m'a parcourue.

– Pour toi, toujours, rien que pour toi, j'ai avoué, et j'ai tiré sur ses cheveux pour ramener sa bouche à la mienne.

Il m'a embrassée, a ravalé le cri qui m'a échappé quand son pouce a trouvé mon clitoris. Haletante, j'ai interrompu le baiser pour reprendre mon souffle ; son pouce tournoyant faisait monter un désir irrépressible au fond de moi, pile où je le voulais.

– Oui, là, a-t-il murmuré quand ses doigts ont trouvé un rythme qui m'a fait me cambrer contre le mur. Mes hanches bougeaient d'elles-mêmes, ondulant sous ses assauts. Putain, Emmy, tu es tellement belle… Sous mes doigts comme ça, si sexy, si mouillée… Tu es parfaite. Tu as toujours été parfaite.

Il s'est servi de deux doigts pour frotter mon clito, et j'ai crié son nom, mon dos courbé comme un arc.

– Bash !

– Oui, comme ça putain, exactement comme ça, a-t-il approuvé. Jouis pour moi, Emerson.

C'est impossible, ça ne vient jamais aussi vite. Mais finalement si, la tension qui montait en moi a atteint son point de rupture. Il a glissé son pouce entre les lèvres de mon sexe, jouant toujours avec mon clito de ses autres doigts, et j'ai explosé complètement, criant son nom.

Nom de Dieu, j'avais presque oublié ce que ça faisait de vouloir quelqu'un aussi fort, de le désirer tellement qu'on en oublie les conséquences. J'avais oublié ce que c'était d'avoir besoin de Bash.

Il nous a déplacés jusqu'à son bureau et m'a ôté ma culotte avant de poser mes fesses sur le bois verni. Je lui ai enlevé son short en prenant le temps d'admirer les muscles qu'il avait développés.

– Bash, ton corps est incroyable, j'ai murmuré en caressant du bout des doigts les lignes de la ceinture d'Adonis qui menaient à son sexe.

– L'admiration, ça sera pour plus tard, m'a-t-il promis, avant de me faire taire d'un baiser. Pour l'instant je te veux, Emerson, j'ai besoin de toi. Je t'en supplie.

J'ai levé les bras, en proie à une nouvelle vague déferlante de désir en entendant ses mots, cette intensité désespérée. Il a dézippé ma robe et me l'a retirée par le haut, et j'ai vu le choc sur son visage lorsqu'il m'a contemplée dans le soutien-gorge en dentelle assorti à ma culotte.

– Parfaite.

Son tour de main impeccable a envoyé mon soutif rejoindre ma robe par terre, et il l'a remplacé par la chaleur de ses paumes, prenant mes deux seins dans ses mains avant de tirer gentiment sur mes tétons. Puis ses lèvres, ses dents m'ont effleurée là, il m'a couverte de caresses jusqu'à ce que je me trémousse sur le bureau – je ne pouvais plus me retenir.

– J'ai envie de toi, j'ai murmuré en me frottant contre son érection pendant que mes doigts traçaient le contour de ses épaules et les flammes d'une couleur intense de son tatouage.

– La prochaine fois… a-t-il grogné en se redressant… La prochaine fois, je te lécherai partout, je t'adorerai comme une déesse, jusqu'à ce que tu jouisses sous ma langue.

J'ai presque rué du bassin, tellement ses mots m'excitaient.

– Maintenant, Bash, s'il te plaît…

Il a mis la main dans son tiroir de bureau ; une seconde plus tard, il avait une capote et se tenait prêt entre mes cuisses.

– Emerson ?

– Oui, Bash, c'est bon, cent fois oui.

Il s'est enfoncé en moi d'un seul coup de rein fluide, et la friction délicieuse entre mes lèvres m'a arraché un cri.

– Oh ! putain. Chérie, ne bouge pas, a-t-il gémi dans mon cou alors que je croisais mes jambes au creux de son dos. Je veux que ça dure, j'en veux plus, plus longtemps, je veux…

La hauteur du bureau était absolument parfaite. J'ai trouvé un meilleur angle avec mes hanches pour me rapprocher encore plus.

– Prends-moi, Bash. Baise-moi. Fais-moi l'amour – tout ce que tu veux, comme tu veux, mais *maintenant*.

Une main sous ma fesse et une autre derrière ma tête, il m'a embrassée tout en ondulant entre mes cuisses, lentement d'abord, doucement… L'effort qu'il faisait pour se retenir faisait perler la sueur sur son front.

– Ça m'a manqué. Tu m'as manqué, m'a-t-il dit en m'embrassant à nouveau, et mon cœur s'est mis à fondre alors que mon corps s'embrasait dans l'incendie qu'on formait ensemble.

Ses coups de reins ont accéléré, sont devenus plus forts aussi, et je les accompagnais, je bougeais avec lui, contre lui, je faisais tout pour lui arracher des gémissements, pour le regarder s'abandonner à moi pendant que mon second orgasme approchait. Il m'a tout donné, ses yeux d'un vert intense dans les miens, ses coups de reins frénétiques, une de ses mains caressant doucement mon clitoris hypersensible.

– J'ai besoin que tu jouisses à nouveau, Emerson. Je veux te sentir jouir de l'intérieur. Chérie, putain, j'en peux plus…

Il a appuyé doucement sur mon clito et mon corps tout entier s'est crispé autour de lui quand l'orgasme m'a emportée, plus fort, plus longtemps que le premier, m'arrachant complètement au monde jusqu'à ce qu'il ne reste rien d'autre que Bash et mon amour pour lui. Mon besoin de lui. J'ai hurlé son nom quand il m'a empalée encore une fois, puis une autre, et a tremblé en moi en jouissant, son front contre le mien.

On est restés haletants tous les deux, tentant de calmer nos cœurs battants, nos corps satisfaits et brûlants.

Je n'avais pas exagéré, finalement – on était effectivement incroyables ensemble. Et encore meilleurs aujourd'hui.

– Putain, j'ai murmuré, la tête contre sa poitrine, avant d'embrasser la peau humide de sa clavicule.

– Je me disais précisément la même chose.

– Et maintenant, on fait quoi ? j'ai demandé.

Il m'a souri en me soulevant dans ses bras.

– On rattrape le temps perdu.

Puis il a descendu l'escalier, me portant jusqu'à la chambre qu'il s'était réservée, et il a fait exactement ce qu'il avait promis de faire.

* * *

Le soleil se couchait quand je me suis réveillée dans la chambre de Bash, clignant des yeux devant le spectacle coloré au-delà de la baie vitrée qui donnait sur l'extérieur. Je me suis étirée avec une petite grimace, puis avec un sourire quand certaines zones de mon corps, un peu fourbues, se sont rappelées à mon bon souvenir.

Mais j'étais seule.

Une vague de panique m'a envahie avant que je puisse me rappeler que je n'avais plus dix-huit ans, que je n'avais pas remonté le temps. Je me suis redressée dans l'immense lit, tenant le drap pour me couvrir, et j'ai contemplé la chambre très austère. Le lit occupait au moins soixante pour cent de la surface. Tout le reste devait être rangé dans les placards alignés le long d'un mur. Il n'y avait rien sur le bureau à part son ordi portable et quelques objets personnels. Ça sentait comme nous dans la pièce, ça sentait le sexe et Bash, mais la plupart de ses affaires n'étaient pas là.

Les tiennes non plus… et tu es toute nue.

Je suis sortie du lit pour prendre la chemise que Bash avait portée à la réunion, laissée sur le dos de la chaise. Elle m'arrivait presque aux genoux, ce qui me couvrirait un minimum jusqu'à ce que je puisse récupérer ma robe dans son bureau. Après l'avoir boutonnée, je suis remontée à l'étage en guettant Knox ou Ryker à chaque coin de couloir, comme un agent secret. Mais la Cabane était vide ; tout était silencieux.

Une fois arrivée dans le bureau de Bash, j'ai retrouvé et enfilé ma culotte sous la chemise, mais il est arrivé avant que je puisse remettre mon soutien-gorge. Enfin, je pouvais respirer – je me suis rendu compte que je n'avais pas inspiré pleinement depuis que je m'étais réveillée seule. Je savais qu'il n'était pas véritablement parti, mais malgré tout, la peur ne m'avait pas lâchée.

– Hello, ma belle !

Il a posé deux sacs de fast-food sur le bureau et s'est avancé pour me prendre dans ses bras musclés.

J'ai posé ma joue contre son cœur et écouté les battements réguliers qui avaient bercé ma vie avant l'incendie.

– Hello, j'ai répondu, hésitante.

Il a posé sa main sur ma joue.

– Qu'est-ce qui ne va pas ? Oh ! non. Ne me dis pas que tu regrettes.

– Non, pas du tout, j'ai dit, les yeux larmoyants malgré moi. Tu n'étais pas là quand je me suis réveillée, et je savais bien que tu n'étais pas… parti, mais je ne me doutais pas du soulagement que je ressentirais en te voyant.

Il m'a embrassée doucement, un baiser chaste mais long.

– Je suis tellement désolé. Je savais qu'ils avaient retenu ma candidature, et j'avais si peur de te le dire. Quand ils m'ont appelé ce matin-là, tu dormais, et je savais que si je t'en parlais et que tu me demandais de rester, je n'aurais jamais la force de partir. Surtout pas après la nuit la plus incroyable de ma vie… Je n'ai pas d'excuse. Je n'espère pas ton pardon – je n'y ai jamais cru. Mais si je pouvais tout recommencer, je ferais les choses différemment.

– Tu ne coucherais pas avec moi.

– Oh ! que si ! Emerson, j'ai eu beaucoup de regrets dans ma vie, mais le temps passé avec toi n'en a jamais fait partie.

– Même pendant les six mois où tu étais à la fac et moi au lycée ? Et qu'on ne couchait pas ensemble ? À longue distance ?

Aux yeux de notre petite ville, Bash et moi étions une paire depuis le début, faits pour être ensemble, et personne n'avait rien trouvé à y redire. Mais lorsque nous avions enfin cédé et décidé de sortir ensemble, il venait d'avoir vingt et un ans alors qu'il me restait encore six mois avant d'être majeure.

– Je savais que ce n'était pas facile pour toi, et j'ai souvent pensé que c'était peut-être pour ça…

Je n'ai pas pu finir ma phrase.

Il a pris mon visage entre ses mains.

– Non, absolument pas. Après Thanksgiving, quand on a décidé de sortir ensemble, je n'ai plus regardé personne d'autre. Les autres filles n'existaient pas – elles n'avaient rien à m'offrir. D'accord, attendre pour pouvoir te toucher, c'était de la torture, évidemment, mais tu en valais le coup. Mon départ n'a jamais rien eu à voir avec toi.

– Alors, pourquoi tu as attendu mon départ pour Londres pour venir ici ? Pourquoi tu n'as jamais appelé, envoyé un mail ou une lettre, un putain de pigeon voyageur ?

L'inquiétude m'avait détruite. Ne rien savoir du tout avait été pire que de me réveiller seule dans son lit.

– Une seule raison. Je savais qu'on se retrouverait dans cette situation. Je l'ai su dès la première seconde où je t'ai revue. Or, ça ne change rien, j'ai une vie en Californie. Et ta place est ici. Comme toujours.

Je voulais lui dire que j'avais démissionné, que je ne bossais plus pour le maire, que je n'allais plus à Londres, mais à ce moment-là, ça n'avait pas d'importance. Ça ne changerait rien au résultat de nos actions ou à notre relation. À part le culpabiliser. Et ce qui nous faisait défaut, c'était du temps… De la culpabilité, on en avait déjà bien trop.

– On va essayer de profiter du peu de temps qu'on a, alors, hein ?

J'ai posé la question avec plus de confiance que je n'en ressentais. J'avais déjà décidé de ne pas lui demander de rester, qu'est-ce qu'on pouvait dire de plus ? Il allait partir. Ma vie continuerait. Au moins, j'aurais eu un semblant de « fin ». Même si ce n'était pas grand-chose.

– Tout le temps qu'on a, a-t-il acquiescé en m'embrassant. Mais ça ne sera jamais assez, tu sais.

– Oui, je sais.

J'ai essayé d'ignorer que je venais de me plonger à nouveau dans mon amour pour lui. C'était différent cette fois-ci, parce que je savais exactement ce qui nous attendait. Bizarrement, j'aurais préféré ne pas le savoir, comme la première fois qu'on s'était entièrement donnés l'un à l'autre.

Son téléphone a sonné et on s'est séparés pour qu'il réponde.

– Salut, Knox, a-t-il dit avant d'écouter. Vraiment ? Okay. Ça fait un.

Il a regardé dans ma direction, ses yeux balayant mes jambes nues, et ses pupilles se sont dilatées.

– On a fait l'amour y a à peine deux heures, j'ai murmuré.

– Et alors ? a-t-il rétorqué silencieusement, en indiquant mon corps d'un geste comme pour dire « évidemment que j'en ai encore envie ».

J'ai levé les yeux au ciel et je me suis approchée du tableau blanc accroché au mur. Pendant qu'il parlait à Knox, je me suis mise à écrire. Douze. Il nous fallait douze héritiers.

Sur les vingt et un enfants des membres de l'équipe originale, quatre étaient vraiment trop jeunes, et deux autres probablement aussi. C'était impossible. Ce serait faisable uniquement si tout le monde acceptait, donc. Chose qui ne risquait pas d'arriver.

– Dans cinq minutes ? Bien sûr, on sera là.

Mon attention s'est tournée vers Bash quand il a raccroché.

– Oh ! merde, où est ma robe ?

Il a saisi ma taille par-derrière et a attiré mes fesses contre lui… Et sa nouvelle érection.

– Bash… j'ai murmuré. Est-ce que t'es une machine ?

On avait déjà baisé deux fois en quatre heures.

– Le peu de temps qu'on a, tu te souviens ? a-t-il murmuré à mon oreille avant d'en sucer le lobe.

Dans mon ventre, la braise du désir s'est ravivée. Maintenant que mon corps avait redécouvert les joies du sexe, il en voulait de plus en plus.

– Cinq minutes, je lui ai rappelé.

C'était mon cou qu'il suçait désormais, et j'ai penché la tête pour lui faciliter la tâche.

– Ouais, je suis bien emmerdé parce que tout ce que je veux, c'est te plier en deux sur le bureau.

Je me suis retournée pour plaquer ma main sur sa bouche.

– Non. Tu n'as pas le droit de m'exciter comme ça avec tes belles paroles. Pas quand Knox est en route.

Il a soupiré avec l'air d'un gamin à qui on confisque son jouet favori.

– D'accord. Alors habillons vite ces jambes extraordinaires.

Vingt minutes plus tard, je me tenais à nouveau devant le tableau blanc, vêtue d'un pantalon de pyjama de Bash, roulé à la taille pour le raccourcir, et d'un de ses t-shirts avec un nœud à la hanche. Knox, Ryker et Bash faisaient les cent pas en réfléchissant.

– Je peux appeler Indy et voir si ça la tente de revenir, j'ai proposé, inscrivant son nom devant le numéro huit.

– Ça ne suffira pas, a dit Ryker en se passant les doigts dans ses cheveux blonds.

– Il va bien falloir que ça passe, a argumenté Knox. Il faut qu'on constitue une équipe de dix-neuf pour rester à onze héritiers.

Bash ne disait rien, son pouce frottant machinalement la fossette de son menton pendant qu'il foudroyait le tableau du regard, comme s'il pouvait le forcer à céder.

J'ai contemplé les trois espaces vides pour lesquels nous n'avions pas de noms possibles, dépitée. Comment faire ?

On avait deux semaines.

Ça ne suffisait pas pour réussir.

Ça ne suffisait pas non plus pour aimer Bash. Mais je n'avais pas le choix.

9

Emerson

– Je me demande ce que tu en penserais, j'ai murmuré en repliant mes jambes sous mes fesses, assise sous les grands arbres. Qu'est-ce que tu dirais ? Ça fait trois jours que je passe des coups de fil pour retrouver tout le monde, et je ne sais pas si on va y arriver à temps.

Les feuilles tournaient désormais au doré, annonçant l'automne avec certitude. D'habitude, j'adorais cette période, le jeu du soleil dans les feuilles qui embrasait paisiblement les montagnes. Mais aujourd'hui, leur couleur m'apparaissait comme un compte à rebours, comme si la nature aussi nous lançait un défi.

– Est-ce que tu leur dirais que c'est de la folie ? De recommencer ce qui t'a tué ? Ou est-ce que tu me rappellerais que l'équipe a toujours été notre deuxième famille ?

Le vent emportait ma voix, et je priais pour qu'il l'amène à mon père.

Je me sentais plus proche de lui ici que sur sa tombe. Son corps était peut-être là-bas, mais son âme était ici. Quelle ironie que tout ait commencé en ce lieu ! Mon regard s'est posé là où autrefois se tenait l'arbre sur lequel il avait gravé nos initiales familiales. Il n'y était plus depuis longtemps. Encore une chose que l'incendie nous avait volée. Ce putain de feu de forêt m'avait tout pris, ce jour-là – tous mes albums photos, tous ses uniformes, tout ce qu'il me restait de mon père à part le sang dans mes veines.

Et mes souvenirs. Rien ne pouvait me les enlever.

– Ah, tu es là, a dit Bash en émergeant d'entre les arbres.

– Salut.

Mon cœur se serrait dans ma poitrine. J'avais des papillons dans le ventre. Qu'est-ce que j'avais bien pu m'imaginer en couchant avec lui – que mon cœur ne s'ouvrirait pas à lui aussi facilement que mon corps ?

– Comment ça s'est passé avec M. Hartwell ? j'ai demandé.

Il s'est assis à côté de moi, les coudes sur les genoux.

– C'était bizarre de le voir en tant que proviseur du lycée, mais c'était bien. Il a dit qu'il soutenait notre projet.

Une vague de soulagement m'a envahie, emportant toute ma nervosité. Me concentrer sur l'équipe était plus facile… C'était tout le reste qui me mettait la tête à l'envers.

– Super. J'ai réussi à parler à Indy. Elle vient.

Il avait fallu un miracle pour la retrouver au fond du fond du Montana.

– Marshall ? a-t-il demandé. Comment t'as réussi à la retrouver ?

– Beaucoup de coups de fil et de services rendus. Il est possible que j'aie promis mon premier-né à quelqu'un. Je te tiendrai au courant.

Même si ce ne sera pas ton enfant, puisqu'on n'est pas vraiment ensemble.

Son sourire incrédule valait toutes ces promesses.

– Merci, a-t-il dit en dégageant mes cheveux, les coinçant derrière mes oreilles.

– Comment tu m'as trouvée ?

– Par ta mère.

Oh ! merde.

– Et comment tu t'en es sorti avec elle ?

– J'ai survécu, a-t-il dit, pâlissant un peu, à peine. Elle me déteste, apparemment, mais je ne lui en veux pas.

– Elle t'aime. Ce qu'elle déteste, c'est le coup que tu m'as fait. C'est pas la même chose.

– Tu crois que c'est vraiment possible ?

Nos regards se sont croisés. Le courant qui passait entre nous était presque palpable.

– Vraiment.

Je le sais parce que je suis amoureuse de toi.

Et que je déteste que tu ne veuilles pas rester.

Bash s'est raclé la gorge.

– J'ai d'abord pensé que tu étais à ton bureau…

J'ai répondu sans le regarder, les yeux fixés sur l'or des arbres alentour.

– Ouais. Je ne suis plus vraiment employée de la mairie.

– C'est ce qu'on m'a dit.

Il a attendu un peu avant de continuer et s'est passé une main sur le front, troublé.

– Si c'est à cause de moi…

– C'est à cause de la réunion, j'ai expliqué. J'ai donné ma dem. Après la réunion.

– Merde. Pourquoi tu ne m'as rien dit ?

J'ai tendu la main pour effacer du pouce les fronces entre ses sourcils.

– À cause de la tête que tu fais. Qu'est-ce que tu es en train de penser, là ?

– Je me sens coupable de t'avoir mise dans cette position.

– Je suis adulte et j'ai pris une décision. Tu ne devrais pas te sentir coupable. Elle m'appartient, et à moi seule.

Bash a posé sa main sur ma joue. J'ai savouré la chaleur de sa peau, savouré l'élan de mon cœur qui s'emballait pour lui comme toujours, et pour lui seulement.

– Tout ça ne sert à rien. Il nous manque encore trois personnes.

– Il reste encore dix jours, je lui ai rappelé.

Il a détourné les yeux, et ma nausée est immédiatement revenue.

– Qu'est-ce que tu ne m'as pas dit ?

– Ryker et moi, on nous rappelle en Californie. On est mobilisés pour un incendie au nord.

J'ai tout fait pour ignorer la peur qui courait dans mes veines et me comprimait la poitrine.

– Ah ! oui. Parce que vous bossez dans la même équipe.

– C'est ça. On prend l'avion dans quelques heures.

J'ai acquiescé, retirant sa main de mon visage.

– OK. D'accord. OK.

– Emerson, a-t-il dit, presque en murmurant. Je suis désolé. Je n'ai jamais voulu que ça se passe comme ça.

– C'est pas grave, j'ai dit, en forçant un sourire affectueux. Ne t'excuse pas. C'est ta vie. Et c'est pas comme si on était… tu sais…

Ensemble. Non, je n'allais pas dire ça. J'étais complètement, à cent pour cent, amoureuse de lui, mais ce n'était pas nouveau, je l'avais toujours été. Ça n'allait pas changer, et lui ne resterait jamais ici.

– Non, je ne sais pas, dit-il d'un ton inquiet.

– Moi non plus, j'ai murmuré. Mais il faut que tu prépares ton départ. Qu'est-ce qui t'a fait grimper jusqu'ici ?

Il m'a pris la main pour l'embrasser dans la paume.

– Un jour, j'ai fait une énorme connerie. J'ai quitté une fille dont j'étais fou amoureux. Si je pouvais changer une seule décision de toute ma vie, ça serait celle-là. J'aurais dû te parler, te demander de venir avec moi ou de m'attendre. Mais j'étais jeune et con, et je n'avais pas compris que ce qu'il y avait entre nous était rare et précieux… Je n'allais pas faire deux fois la même erreur.

Respire. J'ai inspiré un grand bol d'air en même temps que ses mots. L'oxygène m'emplissait les poumons, mais Bash, lui, avait rempli mon âme. Mais même si je tombais de plus en plus amoureuse à chaque baiser, chaque mot, ça ne changeait rien à notre plus gros problème.

– Mais tu ne vas pas rester, j'ai murmuré.

Il a secoué la tête.

– Je ne peux pas respirer ici. Je ne vois que la mort, les cicatrices, toutes les conneries que j'ai faites, tout ce que j'ai raté dans ma vie.

D'un grand geste, il a balayé la vue autour de nous, les jeunes arbres.

– Même ici. Je devrais y voir les chemins de rando, les feux de camp, tout le temps qu'on a passé ici avec nos familles… Ensemble, toi et moi.

– Et tout ce que tu vois, c'est le point de départ du feu.

– Oui. Je vois le feu de camp oublié, ces stupides gamins de la ville qui l'ont laissé sans surveillance. J'entends l'appel de la station, la voix de ma mère qui me dit qu'il faut qu'on évacue, ses hurlements dans mon portable quand elle a compris que j'avais désobéi. J'entends la frustration de mon père d'avoir été rappelé trop tard de l'autre incendie où ils étaient, de n'avoir rien pu faire de plus que nous faire gagner du temps pour évacuer. Je l'entends donner ses ordres à Spencer. C'est juste… trop. Trop de souvenirs ici.

– Mais il y a eu tant de beaux souvenirs aussi, j'ai dit doucement, en retenant mes larmes.

Ses yeux si clairs parcouraient la crête derrière moi.

– C'est vrai. Mais qu'est-ce qu'il en reste ? Ce sera toujours chez moi, mais je ne peux pas passer ma vie dans un lieu où je ne vois que le passé.

Moi y compris.

Oh ! J'avais cru m'être fabriqué une armure plus dure que ça, assez épaisse pour éviter que des mots si simples m'éviscèrent aussi facilement. Mais il n'existait ni arme ni armure qui puisse chasser Bash de mon cœur. Six ans avaient passé, mais j'étais à nouveau cette gamine de dix-huit ans qui attendait que le téléphone sonne.

– Qu'est-ce que tu penses ? m'a-t-il demandé.

– Que je t'ai perdu avant même de t'avoir.

– Emerson…

– Non. C'est pas grave. Tu m'as dit qu'on était inévitables, et peut-être que tu as raison. Toi et moi… on est comme des aimants, attirés l'un vers l'autre malgré le passé, malgré nos erreurs… malgré l'absence d'avenir entre nous. On est un peu comme cet endroit, d'une certaine façon.

J'ai indiqué les arbres autour de nous.

– On peut revenir aux bonnes choses, mais comme tu disais, les mauvaises seront toujours là, prêtes à nous rappeler tout ce qu'on a perdu. Et comme ce lieu a été le départ de l'incendie qui nous a tout pris, c'est aussi le point de départ de notre échec, à toi et moi. On ne le savait pas, c'est tout.

J'ai ravalé les larmes qui menaçaient de couler, bien que je m'étais juré des années auparavant, que je ne pleurerais plus pour Sebastian Vargas.

– Peut-être que je n'aurais pas dû revenir, a-t-il murmuré. Je fais plus de mal que de bien... à l'équipe, à la ville... à toi.

Trois jours. On avait tenu trois jours d'ébats follement sexy, et... quoi ? On était quoi, en vrai ? Combien de fois je m'étais imaginé ce que je lui dirais si je pouvais tout recommencer ? Je n'avais que deux options, protéger mon cœur ou bien tout risquer.

Et même si la première option semblait préférable, j'avais déjà été trop loin pour faire ce choix-là.

J'ai déplacé son bras qui me gênait et je me suis assise sur ses genoux. Le même choc m'a parcourue, comme chaque fois – la certitude qu'au niveau cellulaire, électrique, il était fait pour moi. Ça, c'était facile. C'était le reste qui allait être dur.

Heureusement que mon père m'avait appris à ne jamais abandonner.

J'ai pris son visage dans mes mains, sa barbe de trois jours râpeuse entre mes paumes.

– Jamais je ne regretterai que tu sois revenu, ni aucune des décisions que j'ai prises quand tu étais là, et ça ne dépend pas de ce qui va se passer ou non avec l'équipe. Bash, on a un passé compliqué. On est liés par des souffrances terribles, toi et moi – et avec d'autres, bien sûr. Mais on partage tellement d'amour aussi. Et si tu ne restes pas, ce n'est pas grave. Je vais détester te voir partir, mais ça ne changera pas ce que je ressens.

Je l'ai embrassé doucement, et j'ai tiré sa lèvre inférieure entre les miennes.

– Je ne regrette pas de t'aider à faire revivre nos pères.

J'ai reculé pour pouvoir croiser son regard et mon cœur s'est à nouveau noyé dans ses yeux.

– Je ne regrette pas de t'avoir aimé à l'époque ni d'être sortie avec toi, malgré la façon dont ça s'est terminé. Tu étais mon rêve le plus fou, et pendant un moment, il s'est exaucé. Comment je pourrais regretter une chose pareille ?

– Je t'ai fait du mal, a-t-il répondu, une main dans mes cheveux tandis que l'autre me caressait le dos. Je le regrette chaque jour.

– Mais pas moi. Plus maintenant, parce que j'ai enfin compris que si on en a souffert, c'est parce que c'était quelque chose de *vrai*. Je ne regrette pas de t'avoir aimé à l'époque… ni de t'aimer aujourd'hui.

J'ai senti son corps se crisper entre mes jambes. Ses mains m'ont saisie plus fort, son regard trahissant d'abord sa surprise avant de devenir intense. Un instant plus tard, il écrasait sa bouche contre la mienne, un baiser à bout de souffle, nos langues tournoyant ensemble, nos dents s'entrechoquant. C'était aussi débridé que nos émotions, aussi volatile que notre relation, c'était exactement nous.

Je l'ai serré contre moi et embrassé comme j'avais toujours voulu le faire depuis des années, comme je l'avais embrassé dans mes rêves en imaginant que j'aurais pu le convaincre de rester. J'ai déchiré mon cœur pour le lui ouvrir entièrement, tout en sachant que même si c'était notre dernier, ce serait le meilleur baiser de toute sa vie, comme de la mienne.

Puis je me suis dégagée un peu alors qu'il en voulait encore ; je sentais bien qu'il était rigide entre mes cuisses.

– Il faut que tu y ailles.

– Pour la première fois, là, maintenant, je m'en fous complètement, puisque je t'ai dans mes bras.

Il m'a regardée avec des yeux troublés par le désir, et j'ai failli céder.

– Incendie. Ryker et toi. Californie.

J'ai ponctué chaque phrase d'un baiser léger.

– Putain, a-t-il râlé. Pourquoi tu rends le départ si difficile ?

Parce que tu sais bien que ta place est ici.

– Reviens, et je te garantis bien plus que des baisers.

Il m'a fait un sourire de tombeur, le genre de sourire qui fait fondre.

– Promets-le.

– Je le jure. Mais il faut que tu te dépêches, Bash. Que tu coures.

– Tu me l'as juré, a-t-il dit pendant qu'on se relevait.

Il est parti comme une flèche après un dernier baiser, et je n'ai pas pu retenir un sourire en le voyant courir et sauter par-dessus un tronc d'arbre. Toujours en train de frimer.

Dieu que je l'aimais – et l'avouer à voix haute n'avait fait que multiplier cette ferveur dans mon cœur. Mais je n'étais plus une gamine, j'étais une femme adulte qui savait bien que plus haut je volais, plus la chute serait douloureuse quand il allait s'en aller.

Je savais comment tout allait se terminer – il n'allait rien me rester de Bash, à part l'équipe qu'il avait ressuscitée.

* * *

– Qu'est-ce que t'en penses ? j'ai demandé à Knox huit jours plus tard devant le tableau blanc du bureau de Bash.

– Je crois bien que tu lui as sauvé la mise.

J'ai relu la liste sur laquelle j'avais passé la semaine à suer, à saigner et parfois à pleurer. Elle m'avait permis de ne pas devenir folle entre les coups de fil, les textos et les vérifications incessantes des news en priant pour qu'il aille bien. Ils avaient presque contenu l'incendie, c'était déjà ça. Il allait bientôt rentrer.

Bash avait déjà trouvé sept pompiers d'élite chevronnés qui voulaient bien faire partie de l'équipe, ce qui nous laissait douze postes à pourvoir. Même avec tous mes coups de fil, avec Indy, Lawson et les frères Maldonado, il avait fallu accepter de prendre Taylor Rose (dix-huit ans, la plus jeune des héritiers possibles) pour obtenir l'accord de son frère aîné, Braxton. Et, ironie suprême, il était furieux de la décision de sa sœur. J'aurais bien aimé en savoir un peu plus sur la dynamique familiale entre ces deux-là. En ajoutant Derek Chandler, le plus jeune homme de dix-neuf ans, il nous manquait encore quelqu'un.

– Si Bash n'a pas l'intention d'être le commandant, qui va prendre le poste ?

– Il a déjà quelqu'un en tête, Knox a répondu, vague.

– Et la nature a horreur du vide, j'ai dit, moqueuse. Allez, sois sérieux. J'ai tout donné, là, tu pourrais m'aider un peu !

Le truc avec Knox, c'est que ses yeux brun foncé ne laissaient jamais transparaître grand-chose. Il a juste haussé un sourcil avant de répondre.

– Ce n'est pas moi qui offre le poste, c'est donc pas un secret que je peux révéler. Et si je te le dis et que finalement ça ne marche pas, la déception serait encore pire.

– Mais ce n'est pas Bash.

J'avais dû le dire sur un ton plus tristounet que je ne le pensais, parce qu'il a passé son bras autour de mes épaules.

– Bash n'a pas l'expérience nécessaire pour être commandant. Même capitaine, ce serait déjà pousser le bouchon. Et mon petit chou, s'il te plaît, surtout ne commence pas à espérer qu'il va rester. Il n'a pas fait son deuil, pas assez pour rester longtemps dans le coin.

– Et si je partais avec lui ? Bon, je ne m'imagine pas qu'il veuille de moi, mais si je déménageais, il y aurait peut-être une chance.

Intérieurement, je pleurais déjà à l'idée de quitter Legacy et cette équipe pour laquelle nous nous battions.

– Emmy, ne doute jamais qu'il veuille de toi. Pas une seconde. Je ne peux pas te dire combien de fois il a composé ton numéro sans appeler ni combien de mails, de messages, de lettres il t'a écrit sans te les envoyer.

– Ouais, sans jamais rien envoyer. Ça veut bien dire quelque chose, Knox, non ?

Il a soupiré.

– Tu lui fous une peur monstre. Ce que tu représentes, ce que tu signifies pour lui.

– Son passé. Je sais bien.

– Non. Tu es la seule chose précieuse de tout qui lui reste d'ici. Tu représentes la possibilité d'une deuxième chance, et s'il foutait tout en l'air… Je ne veux pas voir ce qui lui arriverait.

– Je l'aime, j'ai murmuré.

Knox a penché sa tête contre la mienne.

– Ça, ma chère petite Emerson, c'est un secret que tout le monde connaît déjà.

– Et ça ne suffit pas à le faire rester.

– Combien de messages il t'a envoyés depuis son départ ?

J'ai réfléchi.

– Deux-trois par jour, au moins, et plusieurs coups de fil.

– Ouais, moi, ce que ça me dit, c'est que même s'il n'est pas physiquement présent, il est toujours ici dans sa tête. Cela dit, Emerson, il te tuera s'il voit ton nom sur la liste des possibilités, qu'il t'aime ou non.

J'ai haussé les épaules tout en essayant de calmer mon cœur, qui s'était emballé en l'entendant parler d'amour.

– Ça n'ira pas jusque-là.

– Promets-le-moi.

Je refusais de faire une promesse que je ne pourrais peut-être pas tenir. Si les choses arrivaient au point où il fallait prononcer ce nom-là pour que Bash obtienne son équipe de Têtes brûlées… Alors je le ferai, et au diable les conséquences. J'ai regardé à nouveau la liste des noms confirmés, en comptant qui était déjà arrivé en ville.

– Ça n'ira pas jusque-là.

Une lueur d'espoir avait surgi en moi, et je faisais de mon mieux pour empêcher qu'elle ne brille trop fort.

L'espoir était une petite garce dangereuse. L'espoir, c'était ce qui vous tuait quand tout finissait inévitablement par dérailler.

Mais cette lueur était là, néanmoins, flamboyante et têtue.

10

Bash

– Putain, c'est au moins le septième message que je te laisse dans la semaine. Tu pourrais me rappeler, quand même.

J'ai respiré profondément pour calmer mon irritation avant de continuer.

– Je t'en prie, un oui ou un non… Dis-moi, c'est tout. C'est ce soir la date butoir, nom de Dieu.

J'ai été surpris de le rencontrer en bossant sur cet incendie – ou bien c'était le destin – quoi qu'il en soit, ça m'avait donné une chance de lui détailler ma proposition… et à lui, l'occasion de m'envoyer me faire voir. Ce qu'il avait fait.

Je savais malgré tout que sous ses dehors durs et inflexibles, il mourait d'envie de la même chose que moi – une deuxième chance.

J'ai fermé mon téléphone juste à temps pour voir Ryker sortir de la station-service, et fait de mon mieux pour contrôler ma colère.

– Bouge-toi, putain, j'ai dit d'un ton cassant alors qu'il remontait tranquillement dans la Rover.

– Lâche-moi, mec, relax, a-t-il dit en fermant la porte avant de mettre sa ceinture. On y est dans à peine un quart d'heure, et elle sera là.

– Qu'est-ce qui te fait croire que c'est à cause d'elle ?

– Ça fait vingt ans que t'es mon meilleur pote. C'est toujours à cause d'elle. Même quand c'est autre chose, c'est à cause d'elle aussi.

Je suis remonté sur l'autoroute en direction de Legacy en ignorant complètement la limitation de vitesse.

– J'ai peut-être merdé… une fois de plus.

– Non, toi, merder ? Impossible. Allez, raconte.

– T'as du bol que je sois au volant, j'ai grommelé.

– En tout cas, là, je suis un public captif. Alors, qu'est-ce que t'as bien pu faire comme connerie ?

– Elle m'a dit qu'elle m'aimait.

Ces mots étaient presque sucrés, savoureux comme une pomme au caramel… Comme une rédemption.

– D'accord… Et alors, elle t'aime depuis toujours et tu l'aimes depuis toujours, bla, bla, bla. C'est quoi, le gros souci, bordel ? Elle sait bien que tu es trop lâche pour revenir habiter ici, et toi tu sais qu'elle serait malheureuse ailleurs qu'à Legacy. Toutes cartes sur table, je vois pas comment c'est pire si vous vous aimez mutuellement. C'est comme si tu me disais « waouh, mec, le soleil s'est levé à l'est ce matin », a-t-il terminé d'une voix grave et moqueuse pour imiter la mienne (un peu trop bien, d'ailleurs).

J'ai ouvert la bouche pour répondre… mais je n'ai rien trouvé à redire à sa tirade, et je ne voulais pas avouer ma faute. Donc je l'ai refermée sans un mot.

– Oh ! putain. Et toi t'as rien répondu, c'est ça ? Tu l'as laissée là avec son cœur dans la main et t'as joué le solitaire tout stoïque comme un con – je me trompe ?

J'ai fait oui de la tête, et il a grogné.

– Pour un génie de la tech, émotionnellement t'es vraiment un imbécile de première. Mais bon, c'est pas trop grave. Pas irrécupérable. Elle te pardonnera.

– Vraiment ? Pas trop grave ? Et si c'était Harper ?

Il m'a foudroyé du regard.

– Ne plaisante pas avec ma sœur. Pas une seule insinuation. Non. Pour elle, pas de pompier, jamais. Elle a déjà assez souffert comme ça.

– C'est ça. Et c'est moi, l'imbécile des émotions.

– Qu'est-ce que tu veux dire ?

J'ai secoué la tête.

– Rien, mec, t'inquiète.

S'il n'avait toujours pas compris tout seul, je n'allais pas risquer de lui expliquer. Pas quand notre temps était compté et qu'il fallait qu'on soit tous sur la même longueur d'onde avant la réunion. Ce que Harper voulait n'était pas mes oignons… Ni ceux de Ryker. Par contre, Knox… Eh ben, disons que ça serait intéressant de voir ce qui allait se passer.

Je me suis repris. Je n'allais pas être là pour le voir. Je ne verrais rien du tout. Je ne verrais pas l'équipe fonctionner, je ne participerais pas à leurs barbecues, à leurs vies de famille. J'avais tout préparé, tout mis en place, mais je ne verrais pas les choses se développer. Ma seule participation à tout ça, signer les chèques.

Je n'allais pas être là pour voir Emerson. Pour la prendre dans mes bras, l'embrasser, caresser son corps de rêve tellement sexy, ni même pour écouter ce qu'elle allait prévoir pour l'équipe. Elle avait adopté la fonction de manager, tout naturellement – comme si elle était faite pour ça.

Elle aussi elle avait l'équipe dans le sang.

Comment j'allais pouvoir partir loin d'elle ? Peut-être que je pourrais revenir une fois par an voir de mes propres yeux comment se passaient les choses.

– Allo, Vargas, tu planes ? s'est écrié Ryker. Tu m'écoutes ou quoi ?

– Désolé, j'ai dit. J'étais perdu dans mes pensées.

– Oui, bon. Je te disais que tu pouvais arranger la situation avec Emerson.

– T'es sûr ?

J'ai accéléré encore, dépassant la limitation de vitesse. Je ne voulais pas perdre une seule seconde.

– Il te suffit d'être franc avec elle. Dis-lui que t'es amoureux d'elle, tous ces trucs mielleux que les filles adorent.

– Et puis quoi ? Je lui gâche la vie une fois de plus, quand je m'en vais ? Je reviens une fois par an pour un coup d'un soir ?

– Ah ! c'est bien, t'as déjà tout prévu, a-t-il dit d'un ton acerbe. Ça me fait pas plaisir à dire, mon pote, mais si t'es pas prêt à voir les années passer, à voir Emerson trouver quelqu'un, se marier et faire des enfants avec ce type… t'as intérêt à reconsidérer tes options.

Emerson. Mariée. Caressant quelqu'un d'autre. Se lovant dans ses bras après une longue journée. C'était tout simplement… impossible.

Personne d'autre ne savait qu'elle préférait qu'on la laisse s'endormir seule après quelques minutes de câlins, qu'elle avait besoin d'espace. Personne ne savait qu'elle n'aimait que les Tic Tac à la menthe douce et détestait la menthe poivrée. Personne ne savait comment la caresser pour lui couper le souffle, jusqu'à ce que ses lèvres s'entrouvrent sur un gémissement, jusqu'à ce que ses hanches se soulèvent. Rien que d'imaginer quelqu'un d'autre entre ses cuisses…

– Tu sais que c'est le dixième anniversaire de la mort de nos pères ? a demandé Ryker.

– Et alors ?

Et les enfants que Ryker avait mentionnés ? Ils auraient exactement la couleur de ses yeux, son intelligence, son courage… et ma carrure, mes cheveux – parce que, bon sang, le seul homme qui ferait des enfants à Emerson Kendrick, ce serait moi. Je serai le seul homme à attacher mon nom de famille au sien, à dormir à côté d'elle, à l'aimer, à la baiser, à lui acheter ses Tic Tac. Personne d'autre. Moi seul.

– Et alors, tu roules à cent cinquante et ce serait vraiment ironique si on mourait aujourd'hui, vu qu'on est censés déposer des gerbes au pied du mémorial tout à l'heure.

Seul Ryker pouvait dire ce genre de chose sans une once de panique dans la voix.

J'ai vérifié le compteur et immédiatement levé le pied pour redescendre à cent dix.

– Il faut que je passe au Pipelette avant de monter à la Cabane, j'ai dit en arrivant en ville.

– Tant mieux. Je mangerais bien des pancakes.

Quant à moi, j'avais besoin qu'on me remette les idées en place.

* * *

– T'es sûr que t'en veux pas un ? Ils sont délicieux, a dit Ryker en me proposant le reste de ses pancakes.

– Nan, j'ai un truc à faire, j'ai répondu en regardant l'heure à ma montre.

Il ne nous restait qu'une heure avant le début de la cérémonie.

– Elle est au magasin de sa mère, m'a lancé Agnès quand je me suis tourné pour partir.

– Tu es un trésor, Agnès, j'ai dit en sortant pour émerger sous le soleil. Cette satanée porte ne grinçait pas, mais bon, peut-être que j'allais m'y habituer.

J'ai bien regardé des deux côtés de la rue principale avant de traverser, et tout en marchant j'ai reniflé ma polaire. J'aurais peut-être dû prendre une autre douche – je sentais encore l'incendie qu'on avait mis une semaine à contenir. Mais si j'avais le choix entre prendre une douche et prendre

Emerson dans mes bras, je préférais la deuxième option.

La clochette a tinté lorsque j'ai poussé la porte de Kendrick Kreations, où régnait une odeur lourde de fleurs fraîchement coupées. Dans le magasin clair et lumineux, plusieurs présentoirs croulaient sous les bouquets. Un large comptoir séparait la boutique de la partie atelier. Des gerbes et des couronnes préparées s'alignaient d'un bout à l'autre, et je savais que si je les comptais j'en trouverais exactement dix-huit. Dans l'arrière-boutique, j'entendais *Love Shack* à la radio et la mère d'Emerson qui chantonnait.

– J'arrive dans un instant ! s'est-elle écriée.

– J'ai la dernière, a dit Emerson en passant à reculons la porte battante, une couronne dans les bras. J'irai probablement en enfer pour cette pensée, mais bon Dieu que son cul était fantastique dans ce pantalon noir.

– Je peux t'aider si tu veux, j'ai proposé.

Elle a poussé un cri de surprise et failli lâcher la couronne en se retournant brusquement. Puis les fleurs ont atterri sans mal sur le comptoir et elle s'est jetée dans mes bras.

– Je pue la fumée, je l'ai prévenue, mais je l'ai serrée contre moi malgré tout.

– Je m'en fous, a-t-elle répondu, ses mots étouffés dans mon cou.

J'ai passé un bras sous ses fesses et l'autre dans son dos, et enfoui les doigts dans ses cheveux soyeux. Dieu qu'elle sentait bon. Un délicieux parfum de bergamote mêlé de menthe douce qui bouleversait mes sens, paradisiaque après une semaine passée en enfer.

– Tu m'as manqué.

J'ai enfoncé mon nez dans ses cheveux et je me suis accordé le droit de profiter du moment.

– Je suis tellement contente de te voir, a-t-elle dit en me serrant encore plus fort.

Après un incendie, d'habitude, je retournais à mon appartement, je commandais une pizza et j'ouvrais une bière. Parfois je bossais sur mes projets de tech ou je trouvais une femme à attirer dans mon lit. Je reprenais pied dans la réalité.

Mais Emerson contre moi, ses bras autour de mon cou, suspendue à moi, son soulagement qui faisait fondre le reste de ma carapace – c'était ça, la réalité.

Jamais je n'avais été aussi ravi d'avoir survécu à un incendie.

La clochette a sonné à nouveau et deux hommes sont entrés, tous deux en uniforme de pompier municipal.

– Salut Emerson, Bash. On est juste venus chercher les couronnes et les gerbes pour les emporter au mémorial.

– Pas de problème, Colin, a répondu Emerson quand je l'ai reposée à terre.

Je voulais tellement l'embrasser, putain. Elle a passé son bras autour de ma taille, ce qui m'a surpris. Dans notre si petite ville, je me doutais bien que tout le monde était probablement déjà au courant, mais elle n'avait jamais choisi de rendre public ce qu'il y avait entre nous. Ça voulait dire que les gens allaient faire des suppositions et poser des questions. Maintenant, il fallait *sérieusement* que je l'embrasse, pour établir qu'elle était mienne comme elle venait de le faire avec moi.

– Comment ça va, Colin, Nate ? j'ai demandé aux deux pompiers.

Ils appartenaient à la station municipale depuis un moment, depuis qu'ils avaient eu leur bac, quelques années avant moi.

– Ça va bien, a répondu Nate qui laissait entrer une file de pompiers pour emporter les couronnes. Comment va ta mère ?

– Très bien. Denver lui fait beaucoup de bien.

– Eh bien, en tout cas, elle nous manque ici. Il n'y a pas beaucoup de conseillers financiers aussi bons qu'elle était – enfin, qu'elle est encore ; je sais bien qu'elle n'est pas morte ni rien. Bon, euh, je vais plutôt les aider avec les fleurs, pardon.

Il est reparti, tout gêné.

– C'est pas grave, j'ai dit en rigolant. Elle n'est pas morte, et elle fait toujours du conseil. Tu pourrais l'appeler ; je suis sûr qu'elle te prendrait comme client si tu veux. Elle a une faiblesse pour Legacy.

– Oui, d'accord alors, peut-être, a-t-il dit en ressortant à reculons, la dernière couronne de fleurs à la main. On se voit là-bas tout à l'heure. Et, si je peux me permettre, je pense que tu as largement le droit de créer ton équipe de Têtes brûlées.

Dès l'instant où la porte s'est refermée derrière lui, j'ai embrassé Emerson et pris son merveilleux visage entre mes mains. Je voulais juste un baiser rapide, mais ses bras m'ont serré fort et elle a émis un petit gémissement – j'étais cuit.

J'ai penché sa tête pour mieux l'embrasser et elle a entrouvert ses lèvres. Putain, ce que j'adorais son goût… Elle était tous mes rêves incarnés. Tout ce dont je rêvais depuis que j'avais compris qu'elle était plus qu'une amie.

On n'avait pas le temps, mais je l'ai pris quand même, l'embrassant encore et encore, frottant ma bouche contre la sienne pour la taquiner, changeant de rythme pour la déstabiliser jusqu'à ce qu'elle soit suspendue à mes lèvres.

Gaffe à tes mains baladeuses. On était attendus à la cérémonie, et même si je n'en pouvais plus d'attendre avant de m'enfoncer en elle, de la sentir se contracter autour de moi, de sentir ses coups de reins… Il fallait qu'on bouge.

Merde.

– Eh bien, on dirait que vous avez repris là où vous vous étiez arrêtés, a dit Mme Kendrick dans l'encadrement de la porte.

J'ai immédiatement lâché Emerson et reculé, comme si elle était encore ado, mais elle a gardé ma main dans la sienne.

– Bonjour, Madame.

Mme Kendrick était une Emerson en plus âgée, sauf qu'Emmy avait hérité ses yeux bruns de son père, là où Mme Kendrick me jugeait de ses brillants yeux bleus. Elle n'avait pas toujours été dure avec moi, mais bon, je n'avais pas toujours été un salaud non plus.

– Sebastian, je t'en prie. Nous sommes tous des adultes, aujourd'hui. Tu peux m'appeler Marla. Emmy, tu as oublié ton sac dans l'arrière-boutique.

– Sois sympa, elle a murmuré à sa mère en passant.

Il était tout à fait possible que ce tête-à-tête avec Mme Kendrick se révèle plus dangereux pour moi que l'incendie en Californie.

– Madame, je sais que vous me détestez, mais je ne suis pas…

– Arrête, je t'ai détesté quand elle avait dix-huit ans et le cœur brisé. Mais Emerson sait exactement de quoi tu es capable, et malgré tout, elle a choisi… ce qui se passe entre vous aujourd'hui, quoi qu'il en soit. C'est une femme adulte, intelligente et capable, et elle prend ses propres décisions. Cela dit, ce serait chouette si tu ne la démolissais pas une fois de plus.

– Oui, Madame.

– Je l'ai, a dit Emerson en émergeant de l'arrière-boutique avec son sac à main noir en bandoulière. Il faut que tu passes chez toi pour prendre une cravate… et une douche. On y va ?

Elle m'a tendu la main et j'ai acquiescé. C'était l'heure.

Un par un, nous nous sommes avancés pour rendre hommage à nos pères et, pour certains, à nos mères. Chacun a déposé ses gerbes et couronnes au pied du mémorial – une dalle verticale de granit noir portant les dix-huit noms gravés – puis rejoint les autres membres des familles endeuillées au premier rang de la foule, c'est-à-dire la population entière de Legacy.

Le maire a récité son discours annuel, parlant de leur courage et de leur sacrifice, de leur fierté s'ils avaient pu voir ce que nous avions reconstruit. Il a évité mon regard lorsqu'il m'a vu hausser un sourcil à ce passage.

J'ai compté et recompté mentalement tout en regardant chaque famille. Nous n'étions pas assez nombreux. Emerson avait dit qu'elle avait assuré, mais je ne voyais pas comment, sauf s'*il* avait accepté de venir. Mais ça faisait dix ans qu'il n'avait pas mis les pieds ici, et je n'imaginais pas qu'il puisse faire une exception aujourd'hui.

– Et maintenant, prenons un moment de silence pour honorer le souvenir de l'équipe des pompiers d'élite de Legacy.

Le maire a courbé la tête à l'heure précise de leur mort et la foule l'a imité. Moi, je ne pouvais pas quitter des yeux le nom de mon père gravé dans le monument.

La cloche a sonné un coup pour chaque mort.

Je ne voyais plus la foule autour de moi, la beauté du carillon ne m'affectait pas. J'étais perdu, aspiré par le passé, dix ans plus tôt, à ce moment où l'appel radio était arrivé.

Ding. Mon père découvre que je ne suis pas parti avec ma mère pendant l'évacuation.

Ding. Il m'ordonne de bouger mon cul et de descendre de la montagne.

Ding. Il demande à Spencer de m'emmener loin de l'incendie.

Ding. Je proteste, et je hurle alors que Spencer me force à monter dans sa voiture.

Ding. Un appel radio nous dit qu'un courant d'air froid est arrivé. Le vent s'intensifie.

Ding. La voix de mon père explique qu'ils battent en retraite vers le lieu de ralliement.

Ding. La voix du père d'Emerson qui appelle le reste de l'équipe.

Ding. Je vois l'incendie envelopper la crête, non loin de la position de notre nouvelle Cabane.

Ding. Je comprends qu'ils ne vont peut-être pas s'en sortir.

Ding. L'ordre est donné aux Têtes brûlées de déployer des refuges.

Ding. Spencer jure et moi je hurle en comprenant ce que ça veut dire.

Ding. Le silence.

J'ai fermé les yeux pour tenter d'empêcher ce souvenir, de le refouler derrière les murailles d'acier que je m'étais construites.

Ding. Emerson a glissé sa petite main dans la mienne ; elle tremblait jusqu'au bout des doigts.

Ding. J'ai pris sa main entre les miennes et elle a cessé de trembler.

Ding. Sa tête s'est posée sur mon épaule, m'a stabilisé, m'a ancré dans le présent où je n'étais plus seulement le gamin apprenti pompier de dix-sept ans qui s'était fourré là où il n'aurait pas dû.

Ding. J'étais un homme maintenant, qui avait passé les dix dernières années à bosser pour reconstruire cet héritage.

Ding. J'étais le mec d'Emerson.

Ding. Et j'en avais fini de fuir.

Un peu plus d'une heure plus tard, plus certains que jamais de notre objectif, nous sommes arrivés main dans la main à l'hôtel de ville, suivis d'un nombre de citoyens de Legacy bien suffisant pour remplir la salle exiguë.

Le conseil a eu l'air horrifié par la présence de ce public, à part Greg, qui n'a pas réussi à masquer son sourire.

– Tout est prêt ? a demandé Knox tandis qu'on descendait la pente du petit amphithéâtre pour atteindre le podium, jouant des coudes dans la foule trop nombreuse pour s'asseoir.

– Aussi prêt que possible, j'ai répondu.

Il a ri.

– C'est pas vraiment à toi que je posais la question.

Emerson lui a gentiment donné une chiquenaude.

– Ça va. Inquiète-toi pour toi.

– De mon côté, tout le monde est là. Et toi ?

Elle a scanné la foule et fait non de la tête.

– Shane Winston n'est pas là.

J'ai posé la main sur sa joue pour l'embrasser doucement.

– Merci d'avoir tout tenté, mais Shane ne serait jamais revenu. Il déteste les incendies, et les arbres… tout ce qui est dehors, en fait.

– Merde, a-t-elle marmonné alors que le maire réclamait l'ordre et le silence.

– Commençons, a-t-il dit dans son micro en dévisageant l'audience. Nous sommes ici aujourd'hui parce que Legacy, LLC a officiellement déposé une requête pour rétablir l'équipe de pompiers d'élite de Legacy dans les conditions suivantes : les salaires seront entièrement de la responsabilité de l'entreprise. L'équipe respectera toutes les consignes fédérales et devra donc comprendre quatre-vingts pour cent de membres ayant au minimum un an d'expérience, a-t-il dit avant de tourner la première page de notre requête.

– Elle doit aussi respecter l'exigence de la ville que soixante pour cent de l'équipe soit issue de l'équipe originelle, ou bien leurs héritiers de naissance ou de nom.

La foule a murmuré sa désapprobation, et le maire s'est raclé la gorge avant d'ajouter :

– Puisqu'il s'agit d'une question particulièrement émouvante pour tout le monde, nous avons jugé nécessaire de nous assurer le soutien des familles concernées.

– Soutenir ne veut pas forcément dire obliger ses enfants à adopter une carrière dont ils n'ont jamais voulu, même s'ils la respectent, s'est écriée une femme.

– C'est Vicky Greene, m'a informé Emerson.

– La veuve de Chris Greene ?

Elle a acquiescé pendant que d'autres émettaient leurs réserves à voix haute.

– Calmons-nous. Il est important de garder à l'esprit que Legacy, LLC a accepté ces conditions. Nous sommes simplement ici aujourd'hui pour vérifier si l'entreprise peut les respecter ou non.

Le maire a desserré un peu sa cravate avant d'enchaîner.

– Monsieur Vargas, êtes-vous prêt ?

J'ai boutonné mon veston en me levant pour prendre place sur le podium, et ouvert le dossier qu'Emerson m'avait tendu. Elle avait rassemblé tout ça avec Knox pendant que je combattais l'incendie californien. Sans elle, les choses n'auraient jamais pu en arriver là.

Il était temps de voir qui saurait joindre l'acte à la parole.

– Nous désirons ajouter un alinéa à l'agrément proposé, mais il n'affectera en rien le protocole en cours, j'ai dit.

– Allez-y.

– Dans la section 14, au paragraphe touchant aux assurances et indemnités compensatoires, nous ajoutons que tous les membres de l'équipe seront couverts à temps plein, quel que soit leur nombre de mois de présence effective dans l'année. Le sacrifice d'un pompier au cours de l'été ne devrait jamais être négligé, ni sa famille pénalisée simplement parce qu'il passe les neuf autres mois de l'année à faire cours aux enfants de Legacy.

Une clameur approbatrice s'est élevée derrière moi.

Peu m'importait la foule. Cet ajout n'avait pas pour but d'amadouer qui que ce soit. Elle visait simplement à corriger le tort qu'Emerson et sa mère avaient subi dix ans plus tôt, lorsque les indemnités versées aux autres familles leur avaient été refusées.

– C'est accepté, a répondu le maire avec calme.

Un point de marqué.

– J'ai sept membres qui ne sont pas des héritiers, mais tous avec de nombreuses années d'expérience dans les feux de forêt, et dont vous trouverez les noms inscrits au bas de la requête.

– Ces noms ne nous concernent pas, Bash – monsieur Vargas, a lancé le maire.

Malin, ça, de me rappeler que je ne suis encore qu'un gamin à ses yeux.

– Vous pouvez m'appeler Bash, j'ai dit en riant. Après tout, j'ai grandi ici. Je suis de Legacy comme la plupart des citoyens ici présents qui nous soutiennent. J'ai la chance d'avoir eu du succès financièrement, et aussi en tant que pompier d'élite, ce qui ouvre la voie à tout ceci… Mais au fond, je ne suis rien d'autre que le fils de Julian Vargas.

Le maire s'est rencogné dans sa chaise.

C'est ça, ferme-la.

– Et pour vos héritiers, est-ce que tout est en ordre ?

– S'ils veulent bien se présenter à mes côtés, oui. J'appelle Knox Daniels, j'ai commencé, et il s'est mis à ma droite, comme toujours. Ryker Anders, j'ai continué, et il s'est placé à ma gauche.

Puis, l'un après l'autre, j'ai appelé le nom des enfants avec qui j'avais grandi, et ils sont apparus adultes à mes côtés. Prêts à servir et représenter nos parents, notre ville, notre héritage.

– Indigo Marshall ; Lawson Woods ; River et Bishop Maldonado ; Braxton et Taylor Rose ; Derek Chandler…

– Il vous en manque deux, monsieur Vargas, a dit M. Henry avec un sourire en coin.

Ça n'aurait pas dû lui importer autant. Ce n'était pas à lui de payer les indemnités en cas d'incident.

J'ai pris ma respiration avant de prononcer le nom suivant, en priant pour qu'il apparaisse, pour qu'il ne me haïsse pas au point de me faire échouer si près du but.

– Spencer Cohen, a dit Spencer lui-même depuis l'allée centrale, en descendant jusqu'au podium.

La foule a eu une exclamation de surprise, et j'ai baissé la tête sous le coup de mon extrême soulagement. Le trentenaire intense au physique imposant a pris place au bout de la rangée des membres en frottant machinalement son menton recouvert d'une barbe claire.

Tous les membres du conseil se sont penchés en avant.

– Spencer, je…

– Les mots vous manquent, monsieur le maire ? a-t-il demandé. À moi aussi. Mais ça vaut mieux comme ça, parce que j'ai appris que quand on n'a que des idioties à dire, il vaut mieux la fermer. Vous, vous avez tendance à parler à tort et à travers, et sur la question présente, vous avez complètement tort. Vous n'avez pas plus le droit de refuser son nom à cette équipe que vous n'aviez le droit de nous envoyer en « renfort » sur un incendie lointain, le jour où notre ville a pris feu.

La foule a murmuré en découvrant enfin ce que je savais depuis des années. Davis avait pris la décision unilatérale d'envoyer les Têtes brûlées de Legacy contre un autre incendie pour de l'argent, en pensant que l'incendie local serait facilement maîtrisé par les pompiers municipaux.

– Et ensuite, vous avez refusé leur demande de revenir ici, ce qu'ils ont fait quand même, pour finalement trouver la mort en essayant de sauver la ville, a terminé Spencer.

Quoi ?

J'ai regardé Emerson, qui a secoué la tête, bouche bée. Ryker, Knox, tous les autres héritiers qui s'étaient portés volontaires arboraient la même expression de surprise. Ça, nous ne l'avions jamais su.

– Inutile de revenir sur le passé aujourd'hui, a argumenté Davis, parlant plus fort pour couvrir la colère montante de la foule. C'était il y a dix ans, et de mauvaises décisions ont été prises. Nous n'avions pas toutes les informations, et personne ne pouvait prédire l'avenir. Ce que nous faisons maintenant, c'est tenter d'éviter que de telles erreurs se reproduisent. Cela dit, monsieur Cohen, vous n'êtes pas, que je sache, un héritier de l'équipe originale, et votre présence est donc sans importance.

– Pas forcément, j'ai rétorqué. La formulation contenue dans la requête que vous avez reconnue et acceptée aujourd'hui dit précisément « issus de l'équipe originale ». Spencer est le seul membre survivant de l'équipe originale, il en est donc issu. Personne d'autre n'est mieux placé que lui pour en prendre le poste de commandement.

– N'est-il pas le seul qui ait quitté son poste lors de l'incendie ? a demandé M. Henry, regardant Spencer d'un air suspicieux.

– Je l'ai fait, et je ne regrette rien, a déclaré Spencer d'une voix forte.

– S'il l'a fait, c'est pour me sauver, j'ai dit, et la foule s'est calmée un peu. Ce jour-là, j'étais monté jusqu'à la crête et il a reçu l'ordre de m'évacuer. Croyez-moi, j'ai ajouté en regardant Spencer au bout de la rangée, il aurait préféré mourir ce jour-là.

– C'est vrai, a-t-il confirmé. Maintenant, Davis, vous pouvez soit décider que ça ne suffit pas et refuser d'accepter mon nom en bravant la colère de la ville entière, ou alors arrêter de jouer au con et me faire confiance, comme l'a fait Julian Vargas.

Il y a eu des rires dans la salle, et le maire est devenu aussi rouge qu'une borne d'incendie. Il s'est mis à taper sur la table avec son marteau de cérémonie.

– Ça suffit ! Bon, d'accord Spencer, on vous accepte, mais il vous en manque encore un.

J'ai regardé la liste. Shane Winston. Bordel. Emerson a croisé mon regard et s'est levée pour me parler à l'oreille.

– Il n'est pas venu, a-t-elle murmuré.

– Je sais. C'est pas grave.

Je ne voulais surtout pas qu'elle se sente coupable.

– On a un remplaçant, au cas où, a-t-elle ajouté en me tendant une enveloppe.

Qui ça ? Il n'y avait aucune chance pour que Harper devienne pompier, pas avec Ryker et Knox prêts à tout pour l'en empêcher. J'ai ouvert l'enveloppe à l'instant où sa voix claire et mélodieuse s'est élevée dans le micro… pour me détruire.

– Emerson Kendrick.

– Absolument pas ! j'ai crié, mon regard oscillant entre les visages stupéfaits des membres du conseil et le sien. Elle fait erreur ! Elle ne se porte pas volontaire.

– Si, Bash, je le fais, m'a-t-elle dit en tirant sur ma manche. Tais-toi et laisse-moi faire ça pour notre ville et pour toi.

– Mais t'as jamais été pompier !

– Et alors ? Ils ont seulement besoin que quatre-vingts pour cent de l'équipe aient de l'expérience. Avec Taylor et moi, ça suffit largement.

Ils. Parce que j'avais beau avoir enclenché et financé tout ça, m'être battu pour ça, ce ne serait jamais mon équipe – et en un seul geste, elle venait d'enfoncer ses racines encore plus profondément dans le sol de Legacy… ce qui pulvérisait mon projet de lui demander de venir vivre avec moi.

Putain de merde.

J'étais extrêmement conscient que la foule, l'équipe, le conseil même étaient tous témoins de notre dispute, mais je n'étais pas d'humeur à en tenir compte.

– Il n'y a absolument aucune chance que je te laisse t'approcher d'un incendie, Emerson. Pas une seule. Tu ne vas pas risquer ta vie, pas même un cheveu. C'est hors de question.

– Si ! a-t-elle rétorqué, sur le ton d'un enfant obstiné qui tape du pied.

– Même pas en rêve ! Je ne vais pas te mettre en danger.

– Quoi, et les autres ont le droit ? Ils peuvent tous honorer leur père ou leur mère en prenant place dans l'équipe, mais pas moi ?

– Elle n'a pas tort, a murmuré Ryker.

– Toi, ferme-la et imagine une seconde qu'on parle de Harper, j'ai rétorqué en le pointant du doigt.

Il a reculé d'un pas, battant en retraite.

Emerson me foudroyait du regard, poings sur les hanches, non seulement campée sur sa position, mais avec une défense imbattable.

– Il n'y a pas de différence entre eux et moi, Bash.

– Si, bien sûr.

– Et c'est quoi, la différence ?

– Ce n'est pas d'eux que je suis amoureux !

Et merde.

Ce n'était pas comme ça que j'avais prévu de lui dire.

11

Emerson

Il m'aime.

Il a fallu une longue minute pour que je comprenne vraiment.

– Quoi ?

Classe, la réponse.

Il a dégluti et s'est passé la main dans les cheveux. Nom de Dieu, mon Bash, toujours si maître de lui-même, était tout troublé.

– Je l'ai toujours été. Je n'ai jamais cessé de t'aimer.

– Eh ! les mecs, a dit Knox par-dessus mon épaule, même si vous marquez des points de ouf avec la gent féminine de Legacy, là, c'est peut-être pas le moment ?

Je me suis reprise, quittant enfin Bash des yeux pour jeter un œil à la ronde, tous les regards étaient posés sur nous.

Ben dis donc, niveau gêne, c'est au moins comme les cauchemars où je me pointe au boulot toute nue.

– Sebastian Vargas, a prononcé clairement Bash dans le micro du podium. Le dernier nom, c'est moi.

Non. Non, non, non. Il ne pouvait pas faire ça. Il ne voulait pas rester. Au lieu d'exaucer le rêve de Bash, je venais de le détruire.

– C'est accepté, a dit monsieur le maire, qui m'a brièvement regardée avant de reporter son regard sur la requête officielle.

– Il vous manque encore un membre, a annoncé M. Henry.

– N'importe quoi ! s'est écriée ma mère en se levant depuis le deuxième rang.

Elle m'a fait un pouce en l'air avant de se rasseoir.

– Vous avez dix-neuf membres, il vous manque une fraction de 0,4.

– Vous voudriez que je coupe quelqu'un en deux pour satisfaire à cette exigence ? a demandé Bash sur un ton plus sarcastique que jamais.

Je lui ai filé un coup de coude et j'ai pris sa place au podium.

– Emerson Kendrick. Je servirai de manager de l'équipe sous les ordres du commandant… Son assistante, en quelque sorte.

J'ai jeté un œil au bout de la rangée, et Spencer a acquiescé de la tête, acceptant le poste que je venais d'inventer et de m'octroyer.

– Je suis entièrement capable de passer tout test nécessaire, y compris le test d'équipement, pour satisfaire aux exigences réglementaires. Et je suis une héritière. Que vous faut-il de plus ?

– Tu ne feras pas partie de l'équipe, a marmonné Bash.

Je lui ai lancé un regard noir.

– Je ne m'approcherai pas des incendies, alors tu la fermes et tu me laisses sauver tes fesses.

Il a sagement fermé son clapet.

– Cessez d'être aussi têtu, Davis, a dit M. Hartwell depuis la cinquième rangée. Ils ont l'approbation de la ville, et au fond, votre rôle est de servir la volonté du peuple. C'est pour ça qu'on vous a élu.

Monsieur le maire était visiblement offusqué d'être remis à sa place publiquement par le proviseur du lycée, mais il a fait signe aux membres du conseil. Ils ont discuté à voix basse un moment, puis il a déclaré au micro :

– Nous acceptons la composition de votre équipe, monsieur Vargas.

La foule a bruyamment manifesté sa joie.

– Nous demandons neuf mois pour pouvoir être pleinement opérationnels avant la prochaine saison à risque, a insisté Bash.

– Accordé, a dit Davis, avant de taper un coup avec son stupide marteau.

Bash m'a soulevée dans ses bras, tout contre son physique impressionnant, et m'a donné un baiser passionné pas tout à fait convenable en public. J'ai ignoré les sifflements grivois et répondu de toutes mes forces à son baiser. Rien n'aurait pu être plus doux que ce moment.

Et puis j'ai repris conscience de la situation.

– Repose-moi, j'ai demandé, mes lèvres contre les siennes.

Il l'a fait, les sourcils froncés, hésitant.

– Pourquoi ?

Les congratulations des membres de l'équipe et des habitants de Legacy nous ont interrompus, ce qui m'a permis de m'éclipser par la porte de côté.

Une fois seule, je me suis appuyée contre le mur de brique du bâtiment en inspirant de longues goulées d'air frais. Je l'avais forcé à rester. Je le forçais à faire la seule chose qu'il ne voulait pas faire, tout ça parce qu'il avait trop peur de me laisser devenir pompier.

Et il m'aimait ? Quelle importance ça avait dans tout ça ?

– Qu'est-ce que tu fais ? m'a demandé Bash en sortant par la même porte.

– Je t'évite, j'ai répondu franchement.

– OK. Un conseil de la part de quelqu'un qui t'a évitée pendant des années : dans une ville aussi petite, c'est impossible.

Debout devant moi, il bloquait le soleil. Il m'a soulevé le menton pour croiser mon regard. Peut-être que ça m'aurait fait moins mal si je ne l'avais pas aimé autant.

– Alors, tu devrais partir. Ça a toujours été ton plan, non ? Et je viens juste de… le foutre en l'air.

– Ouais, c'était mon plan.

– Et… Tu m'aimes ? Ou bien c'était juste pour t'assurer que je ne deviendrais pas pompier ?

Il a grimacé.

– C'était la vérité. Je t'ai toujours aimée, Emerson. Depuis que j'ai compris ce que je ressentais, tu as toujours été le synonyme de ce sentiment. Quand on était gosses, puis ados, puis adultes… À mes yeux, il n'y a que toi. Tu es mon début et ma fin. Mon passé, mon présent et mon avenir tout entier –si tu veux bien faire taire ton cerveau de pessimiste assez longtemps pour me croire.

– Mais tu ne veux pas rester ici, j'ai argumenté, refusant de prendre le risque de croire en son amour.

Que j'aime Bash, c'était une chose, c'était la *réalité*. Mais que lui m'aime ? C'était la porte ouverte à une avalanche de douleur et de destruction.

– Je ne voulais pas. J'avais même prévu de te demander de venir en Californie avec moi.

– C'est pas vrai, j'ai dit en secouant la tête. Ne joue pas avec mes sentiments.

– Jouer ? Putain, non. Je prends le risque pour ça, pour nous, je suis prêt à plonger et à tout donner pour ça, et tu m'accuses de jouer ?

– Ce serait pas la première fois.

– Parle pas de ça ! s'est-il écrié. L'attirance entre nous ? Ce feu qui s'enflamme et qui nous consume dès qu'on se touche ? Ce n'est même pas un dixième de l'intensité, du danger, de la totalité de mon amour pour toi.

Sans attendre ma réponse, il m'a soulevée, hissée sur son épaule, et s'est mis en route le long de la rue principale. Je n'avais pas d'argument à lui opposer pour l'arrêter, donc j'ai conservé mes forces et je me suis contentée de faire signe ironiquement aux gens qui nous félicitaient en quittant l'hôtel de ville.

On est arrivés à sa voiture, mais il l'a dépassée. Je commençais à m'inquiéter, où est-ce qu'il m'emmen…

Il a poussé la porte du Pipelette et a fendu la foule pour m'amener directement jusqu'au mur du fond.

– J'ai pas envie de pancakes, Bash !

– Tant mieux, on n'est pas là pour bouffer, a-t-il répondu en me laissant redescendre le long de son corps et poser mes pieds par terre. Et pour le dessert que je veux, a-t-il ajouté dans un murmure à mon oreille, il faudrait qu'on soit en privé et que tu sois nue.

Le désir m'a traversée de part en part.

Oh ! oui !

– Maintenant, regarde, et on pourra se tirer d'ici et fêter ça avec le dessert en question.

Il m'a penché la tête en pointant du doigt une section du mur qui arborait une gravure récente.

« Sebastian aime Emerson. »

C'était là, gravé dans l'histoire même de notre ville. Il l'avait inscrit avant la réunion, avant que je me porte volontaire… parce qu'il m'aimait vraiment. Les larmes me sont montées aux yeux. J'ai fait de mon mieux pour les retenir, en vain.

– Ne pleure pas, a dit Bash d'une voix douce en essuyant mes larmes. Je ne vais plus jamais te faire pleurer, je te le promets. Emmy, je savais déjà que si tu ne venais pas avec moi, j'allais devoir rester. Il était impossible que je t'abandonne une fois de plus. Tu es mon oxygène.

– Mais tu quittes tout pour moi, j'ai murmuré.

– Non, grâce à toi, j'obtiens tout ce que je veux, a-t-il rétorqué en m'embrassant au coin de la bouche. Si Spencer peut supporter de revenir ici, s'il peut me tolérer après ce qu'il a perdu, je peux gérer ma culpabilité. Et si je peux t'aimer d'une manière qui répare mon erreur de jeunesse, je peux être heureux ici. Je peux être heureux n'importe où, tant que tu es là.

Sur la pointe des pieds, je l'ai embrassé, me demandant s'il était possible que mon cœur explose, tellement je l'aimais.

– Je serai toujours là, j'ai promis, ma bouche contre la sienne.

– Eh bien, il était temps ! s'est écriée Agnès derrière le comptoir alors que Bash m'entraînait vers la sortie.

Il était temps, oui, mais tout juste.

Plus tôt, nous étions trop jeunes, nous n'avions pas idée de ce que le monde allait faire de nous. Aujourd'hui, nous étions prêts, chacun de nous savait qu'on avait changé, tout en restant parfaitement compatibles.

En quittant le restaurant, Bash a donné un coup de pied dans la charnière au bas de la porte avant de la remettre en place, toujours en me portant sur son épaule.

La porte, en se fermant, a émis le parfait grincement aigu.

Épilogue

Emerson

Neuf mois plus tard

Il nous fallait plus de canapés.

Il n'y en avait pas assez dans la grande pièce pour toutes les Têtes brûlées de l'équipe des héritiers de Legacy (qui n'avait pas encore d'autre nom) ; certains s'étaient assis par terre. Ils se regardaient les uns les autres et examinaient le décor.

Pour certains, comme les membres que Bash avait recrutés en Californie, c'était un nouveau départ, une nouvelle équipe dans un nouvel État. Pour les héritiers, c'était un retour chez eux qui avait pris presque onze ans.

– Je t'avais dit qu'on manquerait de sièges, j'ai dit à Bash en laissant retomber les lames du mini-store qui empêchait qu'on nous voie de l'extérieur, contre la vitre de son bureau.

– Achète des canapés, alors, a-t-il dit en m'entourant la taille de ses bras, debout derrière moi.

– Arrête de… j'ai lâché un gémissement quand il a fait glisser ses lèvres contre mon cou. Sebastian Vargas, on n'est pas tout seuls.

– Emerson Kendrick, la seule personne qui m'intéresse est ici, dans ce bureau, a-t-il murmuré, faisant jouer sa langue contre ma peau.

Le désir m'a submergée.

– Tu triches. Tu sais bien que c'est une zone érogène chez moi, j'ai murmuré en me cambrant pour frotter mes fesses contre lui.

Il bandait déjà. Il a soulevé le bas de mon chemisier pour poser sa main contre mon ventre dénudé.

– Tu es une zone érogène tout entière pour moi, tu crois pas que c'est tricher, ça ?

Ses doigts ont glissé sous la ceinture de mon short et ouvert le bouton du même coup.

– Oh ! non, j'ai supplié quand il a soulevé le bord de ma culotte pour s'enfoncer au chaud et frotter mon clitoris. Bash…

J'ai essayé de me concentrer, mais ses doigts, putain, ses doigts…

– Il faut qu'on… il faut… la réunion, j'ai haleté alors qu'il me pinçait tendrement, son autre main remontant sous mon chemisier pour me prendre le sein dans mon soutif et faire rouler le téton entre ses doigts.

Nom de Dieu, il savait exactement ce qu'il fallait faire pour m'amener au bord de l'orgasme en un clin d'œil.

– On a un quart d'heure. Tu sais ce que je peux faire en un quart d'heure ?

– Oui…

Il a fait descendre sa caresse, glissant un doigt, puis deux en moi, se servant de la paume de sa main pour maintenir la pression sur mon clitoris.

– J'aime quand tu dis oui, m'a-t-il dit à l'oreille d'une voix rauque, avant de nous faire pivoter face à son bureau.

– Bash, j'ai dit plaintivement, une main derrière moi pour saisir sa queue et la serrer doucement. Je ne pense pas qu'on puisse…

Dieu, que j'en avais envie. J'avais toujours envie. Après tous ces mois, on aurait pu croire que le besoin fou qu'on avait l'un de l'autre se serait un peu estompé. Au contraire, il ne faisait que redoubler.

– Si, on peut, a-t-il répondu fermement, tout en caressant mon point G.

Mes genoux ont flanché et il m'a rattrapée, sans manquer l'occasion de me lécher la nuque et de me pincer le téton.

– Mais seulement si tu as envie de moi, chérie. Tu veux ?

Ma respiration était de plus en plus saccadée tandis que ses doigts s'affairaient en moi par à-coups et faisaient monter mon excitation.

– Je veux… Je ne veux pas qu'il y ait vingt personnes de l'autre côté de la porte.

– Tu veux que je te prenne, Emerson ? C'est simple, c'est un oui ou un non.

Un va-et-vient de plus. Un frottement de plus. La pression montait en moi, prête à exploser, et mon corps se fichait complètement de la présence de l'équipe entière à dix mètres de nous.

– Et toi, t'as envie de moi ? j'ai demandé à mon tour.

Il m'a poussée contre le bureau, m'a courbée en deux contre la surface avant de tirer mon short jusqu'à mes pieds.

– J'ai toujours envie de toi. Je me réveille et je bande pour toi, quand je mange ça me donne envie de te dévorer, toi… J'attends le soir avec impatience pour pouvoir enfin passer ma nuit à te faire l'amour.

Si je n'avais pas déjà été complètement folle de lui, j'aurais fondu sur place. Il s'est mis à genoux derrière moi, m'a embrassé une fesse puis l'autre avant de m'enlever mon string. Puis il m'a écarté les fesses et a posé sa bouche exactement là où je la voulais, a léché mon clito, puis enfoncé sa langue en moi.

Je me suis mordu la main pour éviter de crier.

– Non, non, a-t-il dit en se relevant, son propre short tombant à terre. Le bureau est insonorisé, Emerson. Je veux t'entendre crier mon nom.

– Bash, je t'en supplie, j'ai gémi, consciente qu'il voulait entendre ces mots. Maintenant.

Il s'est positionné et a plongé en moi jusqu'au fond dans un mouvement parfait qui m'impressionnait toujours.

– Bash !

C'est sous l'effet de ses intenses coups de reins qu'il m'a arraché cette exclamation, il ciblait parfaitement les zones qui me rendaient folle. Je remerciai Dieu pour l'invention de la pilule – on avait abandonné les capotes depuis si longtemps que j'avais oublié la sensation d'une fine couche de latex entre nous.

– Emerson, putain. Chérie, tu me serres si fort, c'est tellement bon, a-t-il dit sans faiblir.

– Jouis, j'ai supplié en arquant mes fesses contre lui à chaque va-et-vient.

Il me pilonnait à un rythme régulier presque mécanique, mais je sentais à ses rares halètements qu'il avait du mal à se retenir de jouir.

– Bash, jouis !

– Tu veux que je t'aide à finir, chérie…

Jusque-là, il m'avait fermement tenu la hanche, mais sa main s'est glissée à l'intérieur de ma cuisse, presque au bon endroit… presque…

– Où tu veux mes doigts ?

– Touche-moi, nom de Dieu ! j'ai exigé. Je ne voulais pas de ses petits jeux, pas maintenant qu'il m'avait excitée si fort, pas quand j'étais si désespérée de jouir.

Il a ri, un rire grave et sexy, et sa barbe de trois jours a frôlé mon oreille.

– Tout ce que tu veux, a-t-il murmuré en déplaçant entre nous sa main pour trouver mon clito sans ralentir ses coups de reins.

J'ai fait de mon mieux pour étouffer mes cris – sans succès – et quand la grande vague a atteint son sommet et m'a emportée, j'ai hurlé son nom.

– Oh ! oui, a-t-il sifflé entre ses dents, puis il s'est retiré, m'a retournée et soulevée à nouveau contre lui en prenant place dans son énorme fauteuil.

À califourchon sur lui, je me suis assise et je l'ai repris en moi, et son intrusion entre mes lèvres hypersensibles m'a coupé le souffle.

– Je t'aime, a-t-il juré, une main dans mes cheveux et l'autre m'agrippant les hanches.

– Moi aussi, je t'aime, j'ai répondu.

Mon sourire s'est agrandi lentement, mais mes mouvements s'accéléraient, eux, pour lui offrir la vitesse qu'il désirait. Il a saisi mes fesses des deux mains et, avec la force considérable de ses bras, il m'a guidée dans un va-et-vient encore plus frénétique.

Je l'ai chevauché comme ça jusqu'à son orgasme, en regardant ses yeux verts s'embraser, son visage prendre un air de satisfaction totale… Puis il m'a attirée contre lui, la tête sur son épaule, pour me serrer dans ses bras.

– Tu es ma déesse.

– Tu n'es pas mal non plus, j'ai dit en riant.

– Ceci dit, Emerson, sois un peu sérieuse. Avec tout le monde juste à côté ? Tu ne pouvais pas attendre ce soir ? a-t-il plaisanté.

Ça méritait une tape sur sa poitrine d'Adonis.

– Allez, rhabille-toi et vas-y !

On s'est rhabillés le plus vite possible, nos vêtements volant en tous sens. J'ai refait mon chignon, mais rien ne pouvait déguiser mes joues rougies ni les traces de frottements de sa barbe dans mon cou.

Une fois présentables, nous sommes sortis dans la grande salle main dans la main. Spencer s'est levé à notre approche. J'ai regardé tous ces visages, certains encore nouveaux, d'autres de gens avec qui nous avions souffert et changé. On avait été brûlés vifs, anéantis, puis on avait reconstruit notre ville et notre équipe pour en sortir plus forts. Grandis.

– Bienvenue chez les Têtes brûlées de Legacy. Pour ce qui est du nom de l'équipe…

– Les Phénix, j'ai dit tout d'un coup. On est plutôt bons pour renaître de nos cendres.

Les héritiers ont échangé des regards avant de revenir vers nous, acquiesçant tous de la tête. Bash m'a embrassée sans se soucier d'être vu.

– Les Phénix, alors, a-t-il annoncé d'une voix forte, avant de me murmurer à l'oreille « encore meilleurs la deuxième fois ».

C'était vrai. C'était encore mieux. On était meilleurs ensemble. Abîmés mais entiers, amour et désir mêlés ; on était complètement et parfaitement imparfaits.

Il s'est tourné vers l'équipe et a passé la parole à Spencer.

– Et maintenant, au boulot !

Fin

Remerciements

Merci, notre Père éternel, de nous avoir permis de traverser la pire année de nos vies et de nous avoir forgés encore plus forts dans ce creuset.

Merci à mon amour, Jason. Ce texte a été écrit en pleine tempête furieuse, et comme toujours, tu as été mon havre de paix. Je ne sais pas ce que j'ai bien pu faire pour te mériter, mais tu es vraiment un mari, un père et un meilleur ami extraordinaire. Merci à nos enfants, Emily, Aaron, Aidan, Chase, Brody et Audrey-Grace… vous avez été des rocs au cours des dernières années pleines d'incertitudes, et n'avez jamais perdu de vue votre vœu le plus cher – celui de conserver votre petite sœur.

À tous mes potes de l'édition, mes critiques professionnels (et surtout à toi, Molly la correctrice), aux publicistes (Melissa !), aux pros du formatage, aux auteurs indé qui se sont proposés pour m'aider quand j'ai émergé un peu et réalisé que je ne savais pas ce que je faisais… Vous êtes tous incroyables. Isabelle, Christine, Mia, Rose, Corinne, Lauren, Laura, Alessandra, Claire, merci de vos précieux conseils ! Winter, Katrina, tous ceux qui ont insisté pour l'anthologie originale, merci ! Et à tous les autres… vous savez qui vous êtes, et j'écourte un peu cette partie édition.

Cette *novella* a été écrite au cours des trois semaines où nous avons appris que notre fille allait être considérée comme légalement adoptable par les services de la protection de l'enfance de Jefferson County, dans l'État de New York. Je l'ai écrite pendant qu'on faisait nos cartons, qu'on faisait la peinture, qu'on discutait avec nos avocats et qu'on se préparait à déménager à l'autre bout du pays. Quand mon bureau a été entièrement empaqueté, j'ai écrit sur une planche à repasser. Ce n'est pas une blague. J'ai fini le texte le soir même où nous avons adopté notre fille, et je l'ai envoyé le lendemain matin alors qu'on rendait les clés de notre maison dans l'État de New York, avant de prendre la route pour le Colorado, ce qui rend ces remerciements un tantinet différents de la normale.

Merci, Dieu éternel, de nous avoir fait don de notre fille. Jamais je ne prendrai pour acquise la bénédiction qu'est notre famille.

Merci aux infatigables employés de la protection de l'enfance du Jefferson County, et tout spécialement à Steve Barker et Erika Whitmore, merci de votre incroyable dévouement envers les enfants de Watertown. Merci aux services judiciaires qui, bien qu'ils aient pâli devant le défi, nous ont aidés à parachever l'adoption la plus rapide de l'histoire du comté. Merci à notre avocate, Sue Sovie, qui a tout lâché pour s'occuper de nous, est restée tard le soir et est revenue tôt le matin pour s'assurer que notre petite demoiselle puisse enfin devenir une Yarros. Ta passion, ton dévouement et ta remarquable ténacité vont manquer dans ce monde, mais je sais que tu t'en sers à bon escient au paradis.

Et surtout, merci, Kristy. De l'instant où tu es entrée chez nous pour me dire que le chemin serait long et que la probabilité qu'elle puisse rester était si faible, jusqu'au moment où j'ai sangloté contre toi quand tout s'est enfin terminé… tu as été incroyable. Je ne sais pas comment tu fais ce que tu fais, mais tu as toute ma gratitude. Elle a eu la chance immense de tomber sur toi comme assistante sociale, et je ne trouve tout simplement pas les mots justes pour exprimer tous les remerciements que je te dois pour ces deux années de ton énergie, de tes pleurs, de ton sang et de ta frustration. Chaque enfant mérite d'avoir un tel gladiateur dans son camp, et tu t'es battue d'arrache-pied pour elle – pour nous.

Et comme toujours, Jason, tu es pour moi le début et la fin. Merci d'être resté fort là où d'autres auraient courbé l'échine, de m'avoir soutenue et relevée lorsque je tombais à genoux, de m'avoir rejointe et accompagnée quand j'avais besoin de toi. Je t'aime de tout mon être.

1

River

Bordel, qu'est ce que j'étais fatigué ! Je suis sortie de la caserne des Têtes brûlées « Soleil de Minuit » à 21h45, il faisait encore jour. De toute ma vie je n'avais jamais connu une équipe de pompiers d'élite au nom aussi parfait. On vivait ici depuis sept ans – depuis que j'avais été accepté à l'université de l'Alaska – mais le grand jour du Nord à la fin juillet me surprenait encore de temps en temps.

Mon cerveau était bloqué au Colorado, je suppose.

– Eh ben, Riv, c'était long cette fois-ci, a dit Bishop en passant son bras autour de mon épaule, un geste qu'il faisait après chaque incendie qu'on affrontait ensemble.

Je savais qu'il détestait que je l'aie suivi dans cette vie. Il s'imaginait quoi, nom de dieu, que j'allais laisser mon grand frère s'engager seul dans la même voie que notre père ? C'était hors de question. Dès que j'avais eu l'âge requis, je m'étais porté candidat, j'avais bossé comme un malade à la fac pour obtenir mon diplôme de foresterie, et voilà.

– Content que ce soit fini. C'est devenu compliqué à un moment.

J'ai déverrouillé les portes de mon pick-up tandis qu'il m'ébouriffait les cheveux comme quand on était gamins. Des mèches de mon épaisse chevelure brune se sont accrochées à ma barbe naissante quand il a enlevé sa main. Je pouvais tolérer cette longueur, jusqu'au menton, mais pas plus ; je me demandais comment Bishop se débrouillait pour que ses cheveux longs restent bien sagement dans son dos.

« Notre mère est Cheyenne », me disait-il toujours en guise d'explication.

– Ouais, c'était l'enfer, a-t-il reconnu. Tu pourrais toujours prendre un boulot confortable au Service des forêts. Zéro incendie, horaires garantis, des beaux paysages…

Il a déverrouillé son propre pick-up.

– Ça risque pas d'arriver, j'ai dit en jetant mon sac bien crade sur la benne.

– Et bien moi, je préfèrerais, a-t-il marmonné.

Il n'avait que trois ans de plus que moi, mais il prenait son rôle de grand frère très à cœur.

– Gym demain ? j'ai demandé en ignorant sa remarque.

– Comme d'habitude.

Il a grimpé dans sa bagnole.

Je l'ai imité, me glissant derrière le volant. J'ai fermé la portière, démarré le moteur, et un instant plus tard j'étais sur la route qui quittait Fairbanks en direction de ma maison à Ester.

Bishop était un obsédé du sport. *T'as intérêt à courir plus vite que le feu,* il me disait toujours. Du coup, il me poussait à fond, comme si les flammes me talonnaient en permanence. Je ne me plaignais pas du corps que ça me donnait — il attirait plus qu'assez l'attention de la gent féminine. Enfin, même si j'avais bien entendu goûté au buffet féminin qu'offrait la région, mes exploits étaient loin d'être comparables à ceux de Bishop.

Il y a une chose qu'on avait en commun, ceci dit : on n'était jamais resté plus de six mois environ avec la même femme, ni l'un ni l'autre. Bishop avait tendance à les quitter à ce moment-là, et quant à moi… Disons que les filles finissaient toujours par comprendre qu'elles n'étaient pas ma priorité n°1, ce qui, c'était bien légitime, les foutait en rogne.

Le soleil commençait enfin à descendre quand j'ai quitté la route n°3 pour entrer dans Ester. Il était 22h, bon dieu. Les nuits chaudes et étoilées du Colorado me manquaient. Bien sûr, les aurores boréales étaient formidables… Mais ce n'était pas la même chose.

Ne te plains pas de toute cette lumière. Bientôt, il fera nuit toute la journée ou presque.

Il y avait une place libre sur le parking du saloon Golden Eagle et je m'y suis garé avant d'éteindre le moteur et de sortir de mon pick-up. J'empestais la fumée et la sueur grâce aux dix jours de mon combat intense contre le feu, mais je savais que si je ne passais pas la voir, elle ferait un scandale.

Et puis j'avais vraiment envie de la voir.

La musique était forte quand je suis entré dans le bar construit en rondins, à l'ancienne. Plutôt bien rempli pour un samedi soir.

– River ! m'a hélé Jessie Ruggles, au bar, portant une jupe bien trop courte pour ses jambes interminables. Je ne m'en plaignais pas.

– Tout le monde est rentré sain et sauf ?

– Ouais, tous indemnes, j'ai répondu. Est-ce que tu as vu…

– River !

Je me suis tourné dans la direction du cri et j'ai immédiatement fait face à 60 kg de perfection. Elle me jurait que c'était plus que ça. Je ne la croyais jamais.

Avery a bondi et je l'ai facilement rattrapée. Elle a noué ses bras autour de mon cou, l'un d'eux soutenant l'arrière de ma tête d'un geste bien à elle qui me faisait toujours complètement fondre.

– Tu n'as rien, a-t-elle murmuré contre mon cou.

Même en plein milieu du bar et de la foule, elle sentait fantastiquement bon, les pommes et la cannelle réconfortante.

– Je n'ai rien, Avery, j'ai promis, en pressant mes deux paumes contre son dos. Tout le monde va bien.

Elle a acquiescé sans dire un mot, se contentant de me serrer un peu plus fort. J'étais rentré de je ne sais combien d'incendies au fil des années depuis qu'elle était devenue ma meilleure amie, et elle m'accueillait toujours de la même manière à mon retour.

Il n'y avait rien de mieux au monde.

Je suis resté debout au milieu du bar et je l'ai laissée me serrer dans ses bras aussi longtemps qu'elle le voulait. Pas seulement pour elle, en fait, mais surtout parce que je ne me lassais jamais de l'avoir dans mes bras.

Avery Claire était ma meilleure amie depuis mes dix-huit ans.

J'étais secrètement amoureux d'elle depuis mes dix-huit ans.

Peut-être qu'un jour elle serait prête à l'entendre, mais je savais que ce jour-là n'était pas encore venu. Et bordel, l'année à venir ne s'annonçait pas prometteuse non plus.

Avery a inspiré profondément une dernière fois dans mon cou puis m'a glissée des mains. Une fois que ses pieds ont retrouvé le plancher, elle a reculé de quelques pas puis m'a scruté de haut en bas, à la recherche tout ce qui pourrait ressembler de près ou de loin à une blessure. Elle a coincé ses longs cheveux blonds derrière ses oreilles avant de hocher la tête, satisfaite. Avery était claire là où j'étais foncé, sa peau pâle alors que la mienne était brunie par le soleil et l'hérédité Cheyenne de ma mère. Elle était petite, j'étais large ; elle avait des courbes et moi, une silhouette toute en angles. Et ce petit short qu'elle portait ne cachait pas grand-chose de ses jambes musclées.

– Tu vois, je n'ai rien, j'ai dit avec un petit sourire.

– Tu le jures ? a-t-elle demandé, en plissant ses magnifiques yeux bleus.

– Je pue la fumée et je suis complètement crevé, mais à part ça, je suis en un seul morceau. J'étais en route pour rentrer, mais je me suis dit que puisque que tu travaillais ce soir…

– Et que je t'en collerai une si tu ne me disais pas que tu étais rentré.

– Je pourrais t'envoyer un texto.

– Ce n'est pas pareil.

Son sourire était tellement radieux qu'il aurait pu éclairer le monde entier.

– Je suis contente que tu sois rentré.

– Moi aussi. Est-ce que j'ai manqué à Zeus ?

– Ton husky est le chien le plus timoré et le plus collant que je connaisse, mais ça va, il a eu sa dose de friandises et il est chez toi, très satisfait.

– C'est un gros bébé, j'ai admis.

– Tout comme son maître, a-t-elle ajouté, taquine.

– Avery, tu envisages de te remettre au boulot à un moment ? a demandé Megan, derrière le bar, de sa voix rauque de fumeuse invétérée.

Depuis que j'étais arrivé sept ans plus tôt, cette femme n'avait pas changé. Elle n'avait pas d'âge, semblait figée quelque part dans la cinquantaine.

– Oui, répondit Avery. Désolée, faut que j'y retourne.

– Je sais. T'inquiète pas. On se voit demain…–

– Riv !

Adéline s'est jetée sur moi en courant, une boule de cheveux tout emmêlés et de genoux saillants. Je l'ai attrapée au vol sans problème et l'ai serrée bien fort.

– Salut, Addy ! Qu'est-ce que tu fais là ?

Elle m'a regardé d'abord, avant de jeter un coup d'œil à Avery.

– Je devais aller chez Stella, mais elle allait quelque part avec ses parents.

J'ai acquiescé et tourné mon regard vers sa sœur, qui se mordait la lèvre. Je savais qu'elle détestait être forcée d'amener Addy avec elle au bar — elle n'avait que treize ans — mais pas autant qu'elle détestait la laisser seule à la maison avec leur père.

– Et si tu venais passer la nuit dans ma chambre d'amis ?

Elle a écarquillé les yeux, toute excitée.

– Je peux regarder *Game of Thrones* ?

– Nan, j'ai répondu. Mais je crois que j'ai tous les épisodes de *Arrow*.

– Okay, ça peut le faire. Stephen Amell est sexy.

– Si tu le dis, j'ai dit en rigolant.

Addy me mettait toujours de bonne humeur.

– Tu es sûr que ça ne te dérange pas ? m'a demandé Avery en se tordant les mains.

Je voulais prendre son visage dans ma main, caresser sa pommette et déposer un doux baiser sur ses lèvres. Au lieu de ça, j'ai serré ses mains dans les miennes.

– Ça ne me pose aucun problème. Pourquoi tu nous rejoindrais pas quand tu auras fini ? Tu dors avec Adeline, et on ira prendre le petit-déj ensemble demain matin ?

Elle a hoché la tête avec le sourire.

– D'accord. Je fais la fermeture à deux heures, je viendrai après.

J'aurais dit n'importe quoi pour la voir sourire comme ça – insouciante, heureuse. Elle était toujours belle, mais avec ce sourire-là elle devenait instantanément magnifique, et je ne me lassais pas de cette vision de rêve.

– Tu as la clé, tu peux entrer direct. Addy, tu es prête ?

– Oui !

Son excitation m'a fait rire.

– Okay, ne t'excite pas trop. Zeus risque de vouloir dormir avec toi, et il vole les couvertures.

– C'est vrai, mais il me tient bien chaud.

– C'est clair, j'ai reconnu avant de me tourner à nouveau vers sa sœur aînée. À demain matin alors ?

Elle a acquiescé avant de se mettre sur la pointe des pieds pour me serrer dans ses bras. C'était la seule manière de réduire la différence entre mon gabarit d'un mètre quatre-vingt-quinze et son mètre soixante-huit.

– Merci de t'occuper d'elle, a-t-elle dit en me serrant fort. Je ne pouvais pas la laisser là-bas toute seule. Il est tellement méchant, le soir.

Quand il a bu.

– Pas de souci.

Je l'ai serrée en retour avant de la libérer.

Puis j'ai emmené Adeline chez moi.

– J'adore ta maison, a-t-elle dit en montant les marches du porche.

– Elle n'est pas aussi grande que la tienne, j'ai répondu avant de glisser la clé dans la serrure.

J'avais construit moi-même cette maison – avec l'aide de Bishop et des ouvriers du bâtiment que j'avais payés, bien sûr – et j'aimais beaucoup son architecture traditionnelle en rondins, mais je savais que ce n'était pas grand-chose.

– Mais je me sens plus chez moi ici, a-t-elle dit alors que j'ouvrais la porte.

– Oh !

Zeus s'est précipité dehors et m'a coupé le souffle en me taclant au sol. Il pesait de tous ses 55 kg sur ma poitrine et me léchait la figure en geignant.

– Mais oui, moi aussi tu m'as manqué, mon vieux, je lui ai dit en caressant son épaisse fourrure.

Ses yeux bleus me regardaient avec désapprobation, comme si c'était moi qui avais contrôlé la durée de l'incendie, puis il m'a laissé me relever. J'ai continué de caresser sa tête et il a commencé à me pardonner.

– Reviens quand t'auras fini tes affaires, je lui ai dit, et il a filé comme une flèche dans la forêt.

C'était bien pratique d'avoir mille mètres carrés de terrain à moi tout seul.

J'ai mes doigts à mes lèvres avant de les presser contre la photo encadrée de mon père accrochée dans l'entrée. Il y avait des rituels à respecter dans la vie, et celui-ci en était un.

– Je suis rentré, Papa.

– Pourquoi tu as fait ça ? a demandé Addy.

– Je le fais à chaque fois que je reviens d'un incendie, j'ai expliqué en ramassant mon sac.

– Parce qu'il n'est pas revenu, lui ?

Sa question innocente m'a pris par surprise.

– Oui. Il est mort avec toute son équipe de Têtes brûlées quand un incendie a dévasté notre ville.

Elle a levé les yeux vers la photo de mon père en tenue de pompier, avant de me regarder à nouveau.

– C'était il y a combien de temps ?

– Il y a dix ans.

Dix ans dans quelques semaines.

– C'ést triste. Je suis désolée.

– Merci. C'est dur de perdre un parent, hein ?

Elle a hoché la tête.

– Je ne me souviens pas vraiment de ma mère, alors…, dit-elle en haussant les épaules.

– Je ne pense pas que ça soit plus facile, j'ai dit. Un deuil est un deuil.

Tout en examinant la photo de mon père, elle a acquiescé.

– Il était beau.

– Ma mère était du même avis.

Leur amour avait été un exemple pour moi et jamais je ne contenterai d'un amour moins fort.

– Tes affaires sont toujours dans la commode, j'ai dit à Addy quand elle est entrée dans le salon.

Ce n'était pas la première fois qu'elle venait passer la nuit pendant qu'Avery bossait. Je savais bien que ce ne serait pas la dernière non plus.

– Merci ! s'est-elle écriée en sautillant vers la chambre d'amis et la télévision de soixante-dix pouces que j'avais acheté principalement pour elle.

J'étais amoureux d'Avery, mais avec Adeline, j'étais gaga.

J'ai fait rentrer Zeus qui pleurait derrière la porte, puis j'ai amené mon sac à la machine à laver. Comme d'habitude, toutes mes fringues sentaient la fumée. Ça ne me gênait jamais avant d'arriver à la maison mais, une fois rentré, j'étais pressé de débarrasser mes vêtements, mes cheveux, ma peau de cette puanteur. J'ai enfourné mes affaires, versé du détergent et mis la lessive en route. Avec un peu de chance, il suffirait d'un seul lavage pour éliminer l'odeur.

Quant à mon corps, il a fallu une longue douche pour obtenir le même résultat. Une fois propre, j'ai pris une bière, allumé les infos pour rattraper ce qui se passait dans le monde, et pris mon ordi portable sur mes genoux pour aller voir ce qui se passait sur les réseaux sociaux. Zeus s'est pelotonné en rond à côté de moi, et je le caressais distraitement tout en scrollant.

Du drama.

Du drama.

Un bébé tout mignon.

Encore du drama.

Merde, depuis quand il s'est marié, lui ?

J'avais quitté le Colorado depuis si longtemps que je n'étais plus au courant de rien.

Au bout de quelques minutes j'ai refermé l'ordi, abandonnant mes amis – autant ceux de la fac que du Colorado – pour changer de chaîne et me détendre.

J'avais survécu à un incendie de plus. J'ai levé ma bière en direction de la photo de mon père pour le saluer, avant de prendre une longue gorgée et de reposer ma tête contre le canapé.

– Riv ?

Entendant une voix douce, j'ai cligné des yeux et relevé la tête tandis qu'on me prenait ma bouteille des mains.

– Avery ? j'ai demandé d'une voix rauque, ensommeillée.

– Oui.

Elle a passé sa main dans mes cheveux.

– Tu as dû t'endormir.

– Mmmm. Quelle heure il est ?

J'ai incliné la tête pour encourager son geste.

– Deux heures et quart.

Je me suis redressé et secoué pour sortir des vapes.

– Sérieux ?

– Tu dois être exténué, a-t-elle dit en se blottissant contre moi sur le canapé.

J'ai passé un bras derrière elle et de l'autre, tiré une couverture sur nous pour qu'elle ne prenne pas froid.

– Ouais, épuisé, j'ai admis. Je parie que toi aussi.

– Mmmhmm.

Elle a bâillé à s'en décrocher la mâchoire tout en cherchant une position parfaite, sa tête contre mon torse.

Allez, fais-le maintenant.

À chaque fois que je combattais un incendie, je me jurais qu'en rentrant, je lui dirais que je l'aimais. Je savais qu'elle ne voulait pas d'une relation amoureuse, quelle qu'elle soit – elle pensait que s'occuper de son père, devenu invalide récemment, ne lui laissait pas de temps pour autre chose. Que ses deux boulots, plus élever Adeline pratiquement seule, étaient ses seules priorités…

Mais je voulais qu'elle sache que ma priorité à moi, c'était elle.

Et si ça compliquait tout, si ça foutait le bordel, qu'est-ce que ça pouvait bien faire ? Je ne risquais pas de m'enfuir et elle non plus. On se débrouillerait très bien pour gérer les problèmes qui se présenteraient. Et même si ça prenait des années, j'avais la certitude que c'était elle que je voulais, qu'il n'y aurait jamais d'autre femme qu'elle.

J'ai inspiré profondément et pris mon courage à deux mains, autant que possible.

– Hé, Avery ?

Elle n'a pas répondu. J'ai bougé un tout petit peu, juste assez pour pouvoir voir ses yeux fermés et ses lèvres entrouvertes, percevoir sa respiration régulière, profonde. Elle s'était endormie.

J'aurais dû la déplacer. Au lieu de ça, j'ai calé ma tête contre le dossier du canapé et savouré la sensation de m'endormir avec Avery dans mes bras.

Cinq minutes plus tard, quelqu'un martelait la porte. Réveillé en sursaut, j'ai failli faire valser Avery par terre – mais je l'ai rattrapée à temps.

– Putain, c'est qui ? j'ai marmonné en regardant par la fenêtre. Le soleil brillait déjà, mais ça ne m'indiquait pas grand-chose.

– Waouh, il est huit heures, a dit Avery en s'étirant à côté de moi.

Je n'ai pas reluqué ses seins, pressés contre le mince tissu de son débardeur.

Je n'ai pas admiré son bâillement ensommeillé, sa langue qui s'enroulait comme celle d'un chaton tout mignon.

Je n'ai pas immédiatement imaginé presser son corps encore tout chaud de sommeil sous le mien et de la réveiller complètement avec un orgasme qui lui ferait crier mon nom de sa voix rauque matinale.

Absolument pas.

Merde.

Le martèlement continuait, et je me suis levé pour aller ouvrir la porte où Zeus attendait déjà en battant de la queue. Il a décollé comme une flèche quand j'ai ouvert, dépassant Bishop qui se tenait là, mâchouillant sa propre lèvre. Cette expression sur son visage n'augurait jamais rien de bon.

– Quel bon chien de garde, dis-donc, a-t-il remarqué en entrant.

– Zeus t'a reconnu, j'ai dit. Et de toute façon, j'ai vingt-cinq ans maintenant, lâche-moi un peu. T'as que trois ans de plus, après tout.

– Ouais.

Il a jeté un œil à la photo de Papa avant d'entrer à grands pas dans le salon. Si ma vanne sur son âge ne le faisait pas réagir, c'est qu'il se passait quelque chose de vraiment grave.

– Salut, Avery, a-t-il dit en direction de la cuisine où elle préparait le café.

– Bishop, a-t-elle répondu, souriante. Un café ?

– Avec plaisir, ouais.

Il s'est retourné vers moi.

– T'es réveillé ?

– Je t'ai bien ouvert la porte, non ? j'ai dit en croisant les bras sur ma poitrine. On n'était pas censés se retrouver avant dix heures, qu'est-ce que tu fais là ?

– J'ai reçu un coup de fil matinal, a-t-il dit, la mâchoire crispée.

– De la part de ?

À moins que ce ne soit notre père appelant d'outre-tombe, je ne voyais pas ce qui pouvait justifier qu'il me tire si brutalement des bras d'Avery.

– Sebastian Vargas.

– Bash ? Tu déconnes !

J'ai secoué la tête, certain que j'avais mal compris.

– Il se passe un truc grave là-bas ?

Merde, qu'est-ce qui pouvait motiver Bash à appeler Bishop ? Il était lui-même dans une équipe de Têtes brûlées en Californie. Il avait quitté Legacy en même temps que moi, nom de dieu.

Bishop a dégluti, a serré puis desserré les poings.

– Ils reforment l'équipe.

La mâchoire m'en est tombée par terre.

– Attends. Va falloir que tu répètes, là.

Il a hoché la tête.

– Ouais, je l'ai moi-même fait répéter au moins six fois. Franchement, je ne l'ai même pas cru… Jusqu'à ce qu'il passe le téléphone à Emerson Kendrick.

– Emmy est embarquée là-dedans aussi ?

Emmy et Bash avaient tous les deux perdu leur père, comme nous, tous morts côte à côte dans la montagne au-dessus de Legacy lors de l'incendie qui a ravagé la ville.

– Jamais je n'aurais cru ça possible, mais ils ont même obtenu l'accord du conseil municipal, à une seule condition.

– Laquelle ?

J'étais submergé par des émotions multiples, écorché vif par un mélange d'incrédulité, d'espoir, de fierté, et un soupçon de méfiance. Ressusciter une équipe qui avait été anéantie, est-ce que c'était vraiment le bon choix ? Est-ce que ce serait leur faire honneur ? La nouvelle équipe serait-elle vouée à subir le même sort ? Des dix-neuf membres de l'époque, dix-huit avaient été enterrés.

Les premières années après l'incendie, on s'était justement battus pour reformer l'équipe mais, le temps passant, après des refus à répétition… ça avait fini par devenir mission impossible.

– Il faut que l'équipe soit constituée principalement d'héritiers. Des familles de l'équipe originale.

Je suis resté debout, bras ballants, fixant mon frère pendant que j'absorbais tout ça. Il a hoché la tête lentement, comme s'il comprenait très bien ma paralysie.

Mon regard a dérivé doucement vers Avery, qui retirait un mug de café de la machine.

– Allez, accouche, j'ai dit, grondant presque, sachant déjà que ce qu'il allait dire allait réduire tous mes projets en miettes.

– Ils ne peuvent pas y arriver sans nous. Si on veut que l'équipe des Têtes brûlées de Legacy renaisse…

Putain. De. Merde.

– Il faut qu'on rentre chez nous.

Composition
PRESS·PROD

Imprimé en Espagne
Dépôt légal : Mars 2025
LAF : 3579A
ISBN : 978-2-7499-6078-4